법정 스님을 그리다

달 같은 해

법정 스님을 그 리 다

달 같은 해

초판 1쇄 인쇄 2015년 3월 12일
초판 1쇄 발행 2015년 3월 19일

지은이 변택주
펴낸이 한익수
펴낸곳 도서출판 큰나무
등록 1993년 11월 30일 (제5-396호)
주소 410-817 경기도 고양시 일산동구 호수로430번길 13-4
전화 031-903-1845
팩스 031-903-1854
이메일 btreepub@naver.com
블로그 blog.naver.com/btreepub

값 14,000원
ISBN 978-89-7891-292-1 (03810)

이 도서의 국립중앙도서관 출판예정도서목록(CIP)은 서지정보유통지원시스템 홈페이지
(http://seoji.nl.go.kr)와 국가자료공동목록시스템(http://www.nl.go.kr/kolisnet)에서 이용하
실 수 있습니다. (CIP제어번호 : CIP2015007541)

법정 스님을 그리다

달 같은 해

기연택주 지음

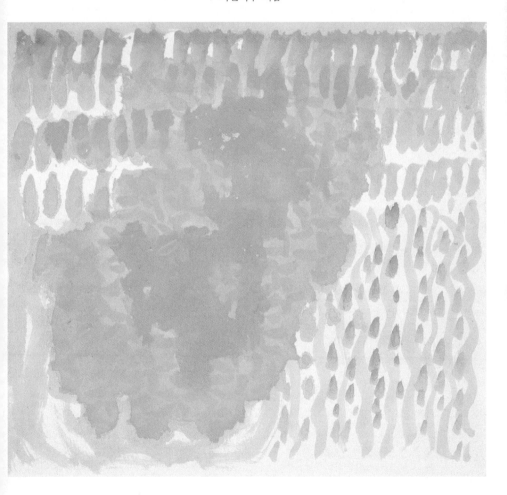

큰나무

키가 크지도 않은데 평생을 싱겁게 살아온 제가 이번도 어김없이 싱거운 일을 벌였습니다. 남이 시키는 일은 잘 하려 들지 않지만, 누가 시키지 않는 일을 멋대로 벌이는 무척 싱거운 놈답게. 어느새 스승 법정 스님이 가신 지도 뉘엿뉘엿 다섯 해를 맞았습니다.

스승은 당신이 부처님을 만나지 않았더라면 어쩌셨을지 떠올리기만 해도 아찔하다고 하셨습니다. 저는 스승님을 만나지 않았더라면 어땠을까 떠올리고 싶지 않을 만큼 아찔합니다. 그저 아무 생각 없고 덧없이 하루하루 목숨 이어가며 자본주의든 신자유주의든 비평 없이 살다가 생각 없이 죽었을 테지요.

절집에는 선승들이 떠나고 나면 껍데기를 더듬어 무엇 하느냐는 얘기가 넘쳐납니다. 그러나 고타마 부처님을 비롯하여 중국 선승 초조라는 달마 스님 그리고 육조 혜능 스님을 비롯한 많은 어른 말씀이 두루 남을 수 있었던 것은 뒤에 남은 이들이 그 어른 뜻을 이어가려고 애썼기 때문이라고 여깁니다.

저보다 많이 아는 분들이야 알아서 잘 사실 테지만, 저보다 어린 이들, 젊은이들이 조금이라도 스승이 어떤 분인지 알았으면 좋겠다는 마음으로 또 덧칠을 합니다. 고타마 부처님이야 제가 아니어도 이제까지 그린 분이 많았고 앞으로도 그릴 분이 많겠지요. 그러나 그 어른은 2,600여 년 전 분이라 우리 가슴에 와 닿기 어렵습니다. 그렇지만 스승, 법정 스님은 우리와 같은 시대를 숨 쉬다 가셨으니 말씀이나 느낌이 살갗에 와 닿을 수 있다고 여깁니다. 더구나 어려운 한자말이나 영어로 말씀하지 않고 초등학생도 알아들을 수 있는 말씀을 하셨으니 누구나 다가가기 어렵지 않습니다. 안타깝게도 삶을 거두고 떠나시면서 당신이 쓰신 책을 모두 절판하라는 말씀을 남기셨기에 앞으로 65년 동안은 스승이 쓰신 책을 우리가 다시 만날 수 없다는 데 있습니다.

제가 스승 말씀을 어떻게든지 드러내려고 하는 까닭입니다. 저보다 젊은 벗들에게 드리는 말씀이라서 제가 제 아이나 후배에게 하는 말본새를 따랐습니다. 말투가 거슬리는 분들은 보지 말고 던져버리세요.

끝으로 이 책《달 같은 해》에 있는 글 줄기 대부분이 먼저 쓴 인터뷰집《법정, 나를 물들이다》와《가슴이 부르는 만남》에 나온 말씀이라 이 책을 펴내자는 큰나무 한익수 사장님 말씀에 무척 망설였습니다. 그랬는데 그 책들 안에는 스승 얘기뿐 아니라 인터뷰어 삶이 많이 담겨 있느니 스승을 기릴 수 있는 일화만 뽑아내는 엮는 것이 뜻 있는 일이라고 설득했습니다. 고집스럽게 이 책을 엮도록 하신 한익수 사장님 고맙습니다. 덕분에 어설프나마 스승 뜻을 드러낼 수 있었습니다.

생각이 모자라고 어리석어 깊은 뜻을 잘 풀어내지 못할까 봐 되도록 제 생각을 담지 않고 일화만 얹으려 했습니다만, 드러내놓고 보니 맹숭맹숭하기 그지없어 군더더기를 얹었습니다. 부디 《법정, 나를 물들이다》와 《가슴이 부르는 만남》을 읽은 분들은, 겹친 부분이 많으니 보지 마세요.

그리워서 그림이라 했던가요? 봄 그리운 이들은 입춘만 지나면 봄이라 여기지만, 아직 봄을 느끼기 어려운 때에 엎드립니다.

텃골 티끌집에서

기억대공

목 차

셋. 누리기

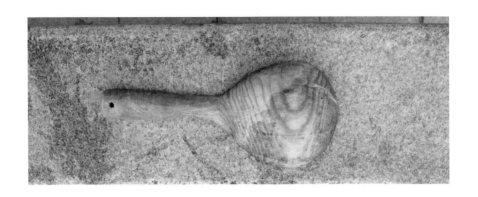

넷. 어울리기

다섯. 여울지기

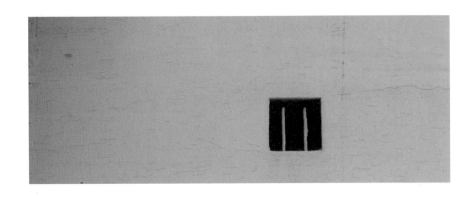

벼
리
하나. 기

'무소유'는 아무것도 갖지 말라는 뜻이 아니야. 탐하고, 성내고, 어리석음을 멀리하라는 얘기야. 본디 내 것
이라고 하는 것은 애초에 없으니 적은 것에 기꺼워해 쓸 만큼만 가지고, 없어서는 안 될 것이 아니면 더는
욕심을 내서는 안 된다는 깊은 말씀이야. 그래서 늘 입에 말이 적고 마음에 일이 적고 배에 밥이 적으면 도
업을 이룬다고 하셨어.

텅 빈 충만

1998년 봄 첫발을 디딘 길상사 열 해가 넘도록 드나들면서, 길상사에 오래 살지 않았지만 스승 못지않게 맑갛게 살던 스님이 한 분 뵈었어. 뒷날 인터뷰를 하고 싶었지만 어디 계신지 몰라 뵙지 못한 분이셔. 길상사 3대 주지를 잠깐 하셨던 황선 스님. 이 스님은 스승이 많이 아끼셨던 분으로 스승 글에 이보다 더 많이 나오는 분이 거의 없을 만큼, 이분 얘기를 많이 하셨어.

예불 때를 빼고는 거의 꽃밭을 가꾸다시피 한 스님, 바로 황선 스님이셨어. 여성 낯빛보다 더 해사하던 분. 2대 주지 지관 스님이 떠난 뒤 스승은 황선 스님에게 주지를 맡아달라고 하셨어. 황선 스님은 화들짝 놀라서 손사래를 쳤어. 그러나 거듭되는 스승 말씀에 법문을 하지 않아도 된다면 주지를 맡겠다고 물러섰어. 스승은 그러라고 하셨고. 황선 스님이 법문을 하지 않겠다는 까닭은 말씀이 한 방향에서 흘러서는 안 된다는 뚜렷한 줏대를 가지고 있었기 때문이야. 결고운 얘기바람을 일으켜 어울리려면 서로 눈에 눈부처를 그리며 얘기를 두런두런 주고받아야만 한다고 여겼기 때문이지.

사실 스승께서도 어쩔 수 없어 대중 법문을 하시지만 당신은 옛날에 느티나무 아래서 어른신들 말씀을 듣듯이 몇 사람이 두런두런 사는 얘기를 나누면 좋겠다는 얘기를 이따금 하셨어. 길상사를 열고 몇 해 되지 않아 그런 시도를 딱 한 번 하셨어. 길상사 거사 모임인 거사림 회장에게 넌지시 거사림에서 없어서는 안 될 사람 댓 사람만 모아 차담을 나누자고. 그랬는데 마음 결 고운 이 사람이 그런 좋은 기회를 어찌 몇 사람만 누리겠느냐? 거사림 회원 모두와 그 밖에 거사림보다 더 애를 많이 쓰는 보현회를 비롯한 법당을 청소하고 가꾸는 일을 하는 보살들에게 모두 연락을 했어. 그러다 보니 한 200여 명 가까이 모였나 봐. 규모가 작긴 하지만 대중 법문이나 다름없어지고 말았지. 나는 가지 않았어. 스승은 그런 뜻이 아니셨거든. 처음 몇 사람과 차담을 나누면서 신행생활을 하면서 겪는 어려움 따위를 털어놓고 나누어 좋은 열매가 맺어지면, 차츰 여러 모둠으로 퍼지며 나누려고 하셨던 건데. 그 뜻을 헤아리지 못해 받아들이지 못하고 또 다른 대중법회가 되고 말았으니. 다시는 그런 말씀을 꺼내지 않으셨어.

황선 스님은 당신을 찾을 때 미리 약속을 하지 않고 찾아오면 안 된다고 했어. 얘기를 듣고는 예고 없이 불쑥 불쑥 찾아오면 수행에 방해가 되기 때문에 그런가 보다 했는데 그게 아니더군.

한 번은 당신이 무얼 의논하려고 날 부르셨고, 한 번은 어린이 법회 연말 잔치를 열었으면 좋겠다는 말씀을 드리려고 내가 찾아뵙겠다고 했지. 처음 찾아갔을 때는 여름인데 말갛게 아무것도 없는 텅 빈 방 안에 커다란 유리 수반에 꽃을 띄워놓고 손을 맞으셨어. 두 번째 갔을 때는 가을이었는데 아무것도 걸린 것 없는 벽과 방에 놓인 것이라고는 다판이 다였는데 방바닥에 촉촉이 젖은 낙엽을 곱따라니 흩뿌려 놓으셨더라고. 손을 함부로 맞지 않으려는 헤아림이라는 걸 그제야 알았지. 그때 정현종 시인이 읊은 시 '방문객'이 떠올랐어.

사람이 온다는 건
실은 어마어마한 일이다.

그는
그의 과거와 현재와
그리고

16

그의 미래와 함께 오기 때문이다.
한 사람의 일생이 오기 때문이다.

부서지기 쉬운
그래서 부서지기도 했을
마음이 오는 것이다.

'방문객' 정현종 시 부분

이처럼 그 사람 일생이 오는 어마어마한 일을, 부서지기 쉬운 마음이 부서지기도 했을 마음이 이곳에 와서 마음 놓고 곱다랗게 피어오르기를 바라기에 미리 연락을 하고 오도록 했을 것이라 헤아려. 이렇듯 황선 스님은 스승 못지않게 아름다운 눈결과 마음결을 가진 분이었어.

처음에 갔을 때 얘기 끝에 한 마디 한 말씀이 여태 가슴 깊이 남아 있어. 사람들은 벤 존슨이나 칼 루이스 같은 달리기 선수들처럼 자꾸 자신을 넘어서라고 하는데, 넘어서려고 무리해서 생기는 생채기는 어찌하느냐? 넘어서라고 해선 안 된다, 마음이 평화롭지 못하게 이루는 것은 올바름이 아니라고 했던 말씀이 떠올라. 그래서 절집에서는 '방하착方下着, 마음 놓음'을 으뜸으로 여기지.

두 번째 갔을 때는 어린이법회를 맡고 계신 비구니 스님이 주지 스님께 크리스마스 잔치를 열었으면 좋겠다는 말씀을 드렸는데 안 된다고 하셨다며 마음 아파했어. 그래서 까닭 없이 그럴 분이 아니라 뵙자고 했지. 가서 여쭸더니 비구니 스님에게 뜻은 좋은데 꾸준히 할 수 있느냐고 물었다는 거야. 몇 해 하다가 그만두게 되면 아이들이 마음이 다칠 수도 있다. 그러니 깊이 생각해보고 열심히 하다가 그만두게 될 때 후임자에게 이 일을 이어갈 수 있는지 짚어보고 그럴 수 있으면 해도 좋다고 했다는 거지. 듣고 보니 옳은 말씀이야. 몇 번 하다가 중간에 그만두면 아이들 가슴에 멍이들 수 있으니 깊이 생각해보고 꾸준히 할 수 있다면 하는 것이 맞잖아. 송광사 사실 때 천일기도를 두 차례나 올리면서 산문 밖 출입도 하지 않으셨던 분이니. 말에 책임을 져야 한다는 생각이 남다르셨을 것 같아.

실은 황선 스님이 스승에게 '텅 빈 충만'이란 글을 쓰게 만든 장본인이야. 텅 빈 충만은 이렇게 비롯하지. "오늘 오후 큰 절에 우편물을 챙기러 내려갔다가 한 스님이 사는 다향산방茶香山房에 들렀었다. 내가 이 방에 가끔 들르는 것은, 방주인의 깔끔하고 정갈한 성품과 아무 장식도 없는 빈 벽과 텅 빈 방이 좋아서다.” 이어지는 글에는 “이 방주인이 하는 일은 관음전에서 하루 네 차례 올리는 사중寺中 기도다. 아무나 할 수 없는 아주 힘든 소임이다. 이런 소임을 1천 일 동안 한 차례 무난히 마쳤고, 지난해부터 두 번째 다시 천일기도를 들어갔다. 기도 중에는 산문 밖 출입을 하지 않는 질서를 스스로 굳게 지키고 있다.”고 하셨어.

그런데 어느 날 스승이 큰 절 나들이 길에 황선 스님을 찾았을 때 단출하던 그 방에 화로와 꽃병은 말할 것도 없이 문 위에 걸려 있던 편액마저 떼어내고 덩그러니 방석 한 장과 조그마한 탁상시계만 한쪽에 놓여 있을 뿐이라고 놀라셨어. 스승은 출가정신은 부모 형제 집을 등지고 나온 것만으로 그치지 않는다, 성에 차지 않는 모든 것에서 벗어남이요, 거듭거듭 떨치고 일어남이다, 버릇과 타성 그리고 번뇌를 가차 없이 끊어내는 반야검을 슬기롭게 써야 한다고 말씀하셨어.

이 얘기 끝에 스승은 중국에 소문난 부호였던 방거사가 재산을 모두 동정호에 던져 버린 얘기를 하셔. 방거사가 재산을 버리기로 마음먹고 남을 주어버릴 생각도 없지 않았지만 자신에게 '원수'가 된 재산을 남에게 떠넘길 수 없다는 생각에 호수에 빠뜨리고 살던 저택을 버리고 오두막에 옮겨 앉아 대조리를 만들어 팔아가며 딸과 함께 수도 생활을 한다는 말씀을 하시지.

방거사가 읊었던 게송 한 모금

세상 사람들은 돈을 좋아하지만
나는 순간 고요를 즐긴다
돈은 사람 마음을 어지럽히고
고요한 가운데 본디 내 모습 오롯하다

꽉 차여 있어도 비고, 비어 있어도 가득해서 '텅 빈 충만'이야. 텅 빈 충만, 어려운 절집 얘기로는 '진공묘유眞空妙有'라고 하지.

무소유

'무소유'는 아무것도 갖지 말라는 뜻이 아니야. 탐하고, 성내고, 어리석음을 멀리하라는 얘기야. 본디 내 것이라고 하는 것은 없으니 적은 것에 기꺼워해 쓸 만큼만 가지고, 없어서는 안 될 것이 아니면 더는 욕심을 내서는 안 된다는 깊은 말씀이야.

그래서 늘 입에 말이 적고 마음에 일이 적고 배에 밥이 적으면 도업을 이룬다고 하셨어.

무소유 밥상

"큰 절까지 내려가기 귀찮으니까 그냥 여기서 상추쌈으로 요기를 때우더라고."

스승은 불일암 초기 불일암을 찾는 손님들에게 당신이 손수 쌀을 씻고 찬을 만들어 대접하기를 즐겨하셨어. 80년도 어느 날도 신문기자로 있다 해직된 소설가 문순태 선생에게 밥상을 차려 주셨어.

밥상은 소박하다 못해 초라했대. 반찬이라고 해봐야 상추와 생된장에 생오이 몇 조각과 된장에 버무린 취나물뿐. 그야말로 '무소유' 밥상이었어.

그러면서 스승은 "이거면 충분히 한 끼 때울 수가 있겠지? 돼지는 입이 맨 앞에 있지만 사람 입은 얼굴 맨 아래에 있거든. 사람은 먼저 생각하고 보고, 듣고, 냄새 맡고, 말하고 그다음에 먹기 때문이야. 그런데 어떤 사람들은 마치 먹으려고 사는 것처럼 먹는 걸 너무 앞세워."

그런데 사람들 추억을 묶어두는 것은 밥보다는 법정국수 한 보시기였어. 국수를 삶고 나서 얼른 샘으로 뛰어가 헹구시고는 손들을 불러 모으셨어.

국수는 헹굴 때 맛이 으뜸이라고. 그리곤 간장과 참기름을 붓고 기름에 잰 김을 부숴 올려주셨지. 하얀 백자에 놓인 국수는 스승 못지않게 말개 보였을 거야.

붓다는 고유명사가 아니야

스승은 1971년 민주수호국민협의회에 1972년 12월 유신철폐개 헌서명 운동에 뜻을 함께 했고, 1973년 〈씨알의 소리〉 편집위원, 1974년 민주회복국민회의 운영위원으로 활동하셨어. 1975년, 독재 정권은 인혁당재건위 사건이라 불리는 정치 조작극을 벌여. 도예종을 비롯한 여덟 인사들을 국가전복기도혐의로 구속, 사형을 언도했어. 그때 민주인사들은 입을 모아 독재정권 조작극이라고 외쳤지. 그러자 대법원 상고가 기각된 지 채 20시간도 지나지 않아 여덟 사람을 모두 사형시키는 만행을 저지르고 말아.

큰 충격을 받은 스승은 "죄 없는 그들을 우리가 죽인 거나 다름이 없다. 칼자루를 쥐고 있는 독재자들에게 조작극이라고 가장 아픈 곳을 찌르자 보란 듯이 서둘러 사형을 집행했다. 생때같은 젊은이들을 하루아침에 죽게 만든 반체제운동이 어떤 의미가 있는지 곰곰이 되돌아보지 않을 수 없다."면서 불일암을 짓고 산으로 들어가셔.

"민주화 운동을 할 때 박해를 받으니까 증오심이 생기더군요. 내 마음에 독을 품는 게 증오심인데 이래선 수행에 도움이 안 되겠구나 하고 느꼈어요. 순수한 마음에서 이탈하는 게 괴롭고. 중노릇하는 내 본분사가 뭐냐고 스스로 물었지요. 본래 자리로 돌아가자. 그래서 산으로 들어갔어요. 그렇지만 지금도 세상일에 관심을 가지지 않을 수는 없지요."

스승은 붓다는 고유명사가 아니라 보통명사라면서 이제 이 자리에서 생생하게 살아 숨 쉬는 불교를 해야 한다, 붓다됨은 철저한 실천, 고스란한 삶이 따라야 한다고 하셨어.

불일암 시절 스승은 **소리 없는 함성**을 외치셨어. 그리고 너무나 찾아오는 사람이 많아지자 1992년 강원도로 들어가셨어.

그리고 이태 뒤인 1994년 몸을 일으켜 맑고 향기롭게 운동을 펼쳐, 시민들 스스로가 마음과 세상 그리고 자연을 맑히며 수행자로 사회운동가로 자연주의자이며 생태철학가로 작지만 큰 뜻을 펼치는 터무니를 마련하셨지.

맑고 향기롭게 운동으로 몸에 붓다다움을 익힌 뒤에는 저마다 삶터에서 부처님으로 비롯해야 한다고 하셨어.

누리를 품는 운동이란 꼭 세상 밖으로 향해야만 하는 것은 아니라고, 지렁이처럼 남들이 눈길 한 번 주지 않는 곳에서 조용히 땅을 바꾸고 사람과 세상, 자연 결을 바꾸다 보면 누리가 모두 불국토로 바뀔 수 있음을 의심하지 않으셨지.

그리고 2010년 3월 11일 **우레 같은 침묵**에 드셨어.

두 개가 갖고 싶을 때 하나는 남겨둬라

1980년대 초 스승 글을 너무 좋아해서 벌교에서 송광사로 신혼여행을 온 신혼부부가 불일암으로 올라왔어. 스승은 "그러면 내가 주례사 한마디 하지." 하면서 새색시한테 "컬러텔레비전은 샀소?" 운을 떼셨어. 그때는 컬러텔레비전이 막 나올 때여서 웬만한 집에서는 엄두를 내지 못할 때였지.

신랑이 "아뇨. 아직 못 샀는데요." 그러니까 스승은 "살 거지요?" 하고 되물으셨어.

"사주렵니다."

"냉장고는 샀소?"

"냉장고도 사야지요."

"그러면 둘 다 사지 말고 하나는 남겨둬요."

"왜요?"

"아, 컬러텔레비전을 사고 냉장고를 사고 나면 다음에는 또 뭣이 사고 싶지 않겠소? 사람 욕망이 그치지 않아 계속 사고 싶은 욕심이 커지니까 두 개가 갖고 싶을 때 다 사지 말고 하나만 갖고 하나는 늘 남겨둬야 해요."

그러면서 스승은 살아가면서 없어서는 안 될 것을 이모저모 짚어 주시고는 내려가는 신혼부부 등에다 대고 송광사 올라오는 나들목에 초가집 한 채가 있는데 거기 노부부가 살고 있으니 내려가는 길에 들러서 사는 이야기 좀 듣고 가라고 그러셨어. 그 부부가 아주 가난해서 가진 게 없지만 참 행복하게 살아가니까 당신이 천 마디를 하는 것보다 거기서 한 시간만이라도 있다 가는 게 좋을 것 같아 그러셨대.

글쓰기는 생각을 체에 거르는 일

스승은 가까운 젊은이들에게 늘 글쓰기 중요성을 말씀하셨어. 날마다 일기를 쓰는 일이 무엇보다 중요하다, 말이나 스치는 생각은 바로 어디론가 날아가 버리지만, 글로 정리해 쓰다 보면 새로운 생각이 떠오를 뿐 아니라, 무엇보다도 생각을 정리 정돈할 수 있다. 그렇게 보면 글쓰기는 나를 찾아가는 기도와도 이어진다. 보다 넓은 사고를 키우기엔 시간이 짧다. 누리를 받드는 살림꾼이 되려면 세상 공부를 많이 해야 한다며 공부하는 즐거움을 말씀하셨어. 나도 글을 쓰고 보니 글쓰기는 생각을 체에 거르는 일이라 느껴.

스승이 주신 장학금으로 공부한 문현철 초당대 교수는 이렇게 떠올려.

"스님은 당신이 대학 때 쓴 일기가 대학노트로 몇 권이 있다고 하시면서 일기를 왜 밤에만 쓰려고 하느냐. 쓰고 싶을 때 쓰라고

하셨어요. 그래서 저는 일기를 아침에 씁니다. 스님에게 입은 은혜는 등록금보다도 삶이 정돈된 일이 더 큽니다. 모든 문제가 길고 짧은 시간 체에 걸러졌습니다. 스님이 제게 주신 가장 큰 유산은 긍정과 시작 그리고 희망입니다. 제가 대학 4년을 마치고 나니까 스님은 강원도로 들어가셨어요."

쉰이 되기 전에는 삼베와 무명옷만 입겠다

스승은 당신 나이 쉰이 되기 전에는 절대 모직 옷을 입지 않고 삼베와 무명옷만 입겠다고 말씀하셨대. 그래서 스승을 오래도록 바라지를 하신 대도행 보살은 말씀하셔.

"옷을 하려고 하면 면으로 된 옷감이 별로 없어요. 동대문시장에 가서 헤매고 헤매다가 학생들이 해 입는 옷감이 있어서 동방을 해 드렸더니만 늘 그거 하나 입고 사셨어요

스님들과 뭘 도모하지 마라

어디서건 회장을 맡지 마라.

스님들과 뭘 도모하지 마라.

만약 토굴을 짓기로 했다가 문제가 생기면

스님들은 걸망 지고 떠나가 버리고 만다.

그러면 뒷감당은 고스란히 보살 몫이다.

대도행 보살에게 법명을 지어 주며 스승이 하신 말씀이야.

경을 읽는 눈이 열렸다

어느 날 스승을 만난 최종태 선생이 불쑥 이렇게 물었어. 대학에 다닐 때 우연히 불경공부를 하고 나서 얼마 뒤 친구 하숙방에서 성경책을 집어 들었는데 하룻밤 사이에 다 읽었다. 읽었다기보다 가슴에 찍혔다 할 만큼 책장을 넘겼는데 바로 뜻으로 읽혔다. 불경을 공부했는데 어째서 성서가 뜻으로, 가슴으로 읽혔느냐고 그때 스승은 조금도 지체 없이, 그야말로 총알같이 말씀이 나왔는데 "최 선생이 그때 경을 읽는 눈이 열렸다." 그랬대.

"1957년에 겪은 일인데 실로 40여 년 만에 숙제가 단박에 풀렸습니다. '경을 읽는 눈이 열렸다!' 그 한 말씀을 나는 단박에 알아들었고 가슴속을 가렸던 거대한 산이 한꺼번에 무너지는 것을 봤습니다. 나는 더 묻지를 않고 그 일은 그것으로 끝났습니다. 흘러간 40년 동안 여러 사람한테 그 이야기를 물었으나 답을 얻지 못한 터에 법정 스님 한마디로 그야말로 단칼에 끝났습니다. 지금 생각해도 참으로 통쾌한 일입니다. 직관. 꿰뚫는다는 것, 통달, 그런 일이 아닐까 싶습니다."

계문

불법승 삼보에 귀의합니다.

산 목숨을 해치지 않겠습니다.

남의 것을 갖지 않겠습니다.

바르지 못한 사랑을 하지 않겠습니다.

거짓말을 하지 않겠습니다.

술 취하지 않겠습니다.

불일암

오보일기五步一記

　성철 스님이 떠나시고 오랜 세월 성철 스님 뜻을 잇는 일에 동분
서주하던 원택 스님은 몇 해 전, 중국에 갔다가 난간이 없는 높은
아파트에서 발을 헛디뎌 떨어지는 큰 사고를 겪어 오래도록 병원
살이를 했어. 털고 일어나면서 문득, 오래전 스승 심부름으로《본
지풍광》과《선문정로》원고 윤문을 부탁하러 불일암으로 스승을
찾아갔던 인연이 지금까지 삶을 이끌었구나 하는 생각이 들었대.

　"큰스님 유지를 받드는 일을 한다며 스님 그늘에서 떠나지 못하
는 그 모든 바탕이, 그날 불일암 심부름에서 결정되어 버렸다는 생
각이에요."

　성철 스님은 원택 스님에게 우리나라에서 한글은 법정 스님을
따라올 사람이 없으니까 솜씨 빌렸으면 좋겠다고 말씀드리고, 스
승 뜻을 받들라고 이르셨대.
　스승은 원고를 보시고 "스님께서 소중한 당신 책을 내게 보라고

보내셨으니까, 어른을 모시는 뜻에서 살펴보마. 어미 하나까지도 어른 성격이 드러나는 부분이니까 내 글처럼 쉽사리 고치지는 않겠다.”고 하시면서 같이 원고를 보자고 하셨대.

한 열흘이나 걸려 초벌 읽기를 마친 스승은 이래선 안 되겠다고 말씀하셨어. 20분이나 30분 간격으로 찾아오는 불자들 때문에 집중할 수 없어서였지. 그래서 서울 유스호스텔에서 두어 달 만에 원고 검토를 끝내셨어.

마치 옛사람들이 대장경 빚을 때 글씨 한 자 쓰고 향 올리고 삼배 올리고, 또 한 자 쓰고 향 올리고 삼배 올리듯이 정성껏 몇날 며칠을 눈이 빠지게 글을 들여다보던 스승은 바람이나 좀 쐬자며 이따금 바깥나들이를 하셨어.

원택 스님은 그때를 이렇게 돌아 봐.

“스님을 모시고 나가면 몇 걸음 걷다가 멈추고 주머니에서 메모지와 연필을 꺼내서 뭘 적고, 말씀하시다가도 또 적곤 하셨어요. 아마? 다섯 발자국마다 한 번은 멈춰서 뭘 적바림하셨어요. 마치 삼보일배하듯 오보일기를 하셨다고 해야 할까요? 방안에서 글을 보고 있을 때는 몰랐는데, 밖에 나다니시면 어김없으시더군요. 깊은 인상을 받았어요."

　부처님 뜻을 사람들에게 올곧고 옹글게 알리려고 늘 깊이 생각하지 않으면 나올 수 없는 모습이야. 날마다 꽃처럼 새롭게 태어나야 한다고 입버릇처럼 말씀한 어른이셨으니, 당신이 새롭게 나투시려고 늘 골똘히 생각하셨음을 알 수 있는 대목이야.

　사람들이 모두 보살로 붓다로 새롭게 태어나게 하려는 고타마 붓다 삶이 이러지 않으셨을까?

건강한 생각이 흐르게 한 어른

스승은 돌아가시기 두 해 전, 노일경 목사에게 FTA를 어떻게 생각하느냐고 물으면서 농민을 생각한다면 FTA는 문제가 있다, 4대강 파헤치기는 자연을 파괴하는 일이라고 말씀하셨대.

"스님이 참 고마워요. 이 정권이 짜증 나리만큼 의도를 가지고 한쪽으로 몰아가는 사회 문제에 거칠게 반응하지 않으면서도 'FTA가 농민들에게 뭐가 좋겠느냐? 4대강 사업이 자연에게 좋을 일이 뭐가 있겠느냐?' 하나하나 짚으시면서 자연스럽게 말씀하시는 통찰력을 가지고 계셨어요."

"스님은 쉬운 말로 글을 쓰지만, 그런 글이 절대 평범한 사고만으로 나오지 않잖아요. 글이 펄펄 살아 숨 쉬는 까닭은 복잡한 생각을 다 거치고, 많은 고민과 깨우침 끝에 나온 결정체이기 때문이거든요. '그건 아니지.' 하는 말씀은 치열한 검증을 거쳐서 나온 말씀이에요. 강하게 말씀하시든 부드럽게 말씀하시든, 시냇물이 흐

르듯이 사회에 건강한 생각이 계속 흐르게끔 해주셨다고 생각해
요."

내 성미 알지

길상사 3대 주지였던 황선 스님이 떠난 뒤 후임으로 현장 스님을 부르셨어. 현장 스님은 길상사에 올라와 스승을 뵙고 하룻밤을 자고는 큰 어른을 뫼시고 주지를 할 수 없다는 생각이 들어 슬그머니 대원사로 도로 내려가셨어. 이튿날 스승이 현장 스님에게 전화를 하셨어.

"길상사에 안 올 거야?"
"네, 저는 못 갑니다. 상좌들 시키십시오."
"내 성미 알지, 끝장이야."

현장 스님이 길상사 현장을 지키지 않기로 마음먹고 현장을 떠났어. 길상사에 상좌들을 주지를 앉히지 않으려 했던 스승은 하는 수 없이 맏상좌 덕조 스님에게 주지를 살게 하셨어. 덕조 스님은 아홉 해 뒤 주지를 물러날 때까지 스승 뜻을 받들어 길상사를 맑고 향기롭게 근본도량으로 빚는 데 있는 힘을 다 쏟았어.

현장 스님은 스승이 원적에 드신 뒤 스승 글과 그림을 모아 선
묵전을 열면서 위 얘기를 꺼내들면서 아래와 같은 말씀을 남겼어.

여름이 끝장나면 가을이고
꿈이 끝장이면 깨어남이고
깨어남이 끝장나면 열반이다

청소 공덕

.

때때로 부지런히 털고 닦아서 티끌이나 먼지 끼지 않게 하라.

신수가 읊은 계송으로 우리 마음을 밝은 거울에 견줘, 구석구석 쓸고 닦아내면서 바깥에 쌓인 티끌과 먼지만 닦이는 게 아니라 우리 마음도 맑고 투명하게 닦이기 때문이다. 스승이 말씀하신 청소하는 힘이야. 쓸고 닦는 정갈하고 무심함이 공양을 올리는 일이 되어야 한다고 말씀하는 스승은 언제 뵈어도 파랗게 날이 선 가사 장삼을 걸치고 계셨어.

내 곁님도 청소와 정리는 똑 부러져. 이따금 밥하기는 귀찮아해도 청소나 빨래는 끝내줘. 무슨 일이든지 미리 계획하고 움직여야 하고 집안을 치우지 않으면 잠도 잘 못 자는 성격이야. 뽀송뽀송, 반질반질, 반듯반듯해야 직성이 풀린대. 무엇이든지 쓰고 난 뒤 제자리를 찾아 두지 않으면 불호령이 튀어. 양말을 뒤집어 벗어던진다든지, 여기 한 짝, 저기 한 짝 널브러져 있는 꼴을 도통 못 보지. 내 그런 버릇은 결혼 초기에 완전히 고쳐졌어. 아직도 밖에 나갔다 들어와서 행거에 옷을 걸쳐두는 버릇은 여전하지만.

내 곁님은 성미도 퍽 급한 편이야. 무슨 일이든지 말 떨어지기가 무섭게 해치우는 성격인지라, 집에서나 회사에서 "선반 위에 상자를 치울까 말까?" 궁리하며 말을 내뱉는 사이에 "선반 위에 상자를 치울……"지만 듣고는 냉큼 상자를 치운 적이 다반사였어.

스승은 내 곁님보다 더 급하면 급하셨지 결코 모자라지 않으셔. 길상사가 창건되고 몇 해 지나지 않은 창건법회에서 절 살림에 많은 애를 쓴 불자들에게 공로패를 줄 때 일이야. 그때만 해도 길상사 살림살이가 아직 어설프고 짜임새가 갖춰 있지 못할 때여서 "절집에서 하는 일들이 그렇지 뭐." 하는 지청구를 스승께 들을 때였어.

공로패를 드릴 때 보통 주는 분께서 패에 담긴 얼거리를 읽지 않고 사회자가 대신 읽어드리잖아. 그런데 그때 공로패 받을 분이 미처 앞으로 나오지 않아 내용을 읽지 않고 나오기를 기다리고 있는데 스승께서 답답하셨는지, "공로패, 아무개 거사 위 불자는……" 하고 줄줄 읽어나가셨어. 지금이라면 스승 성격이 워낙 급하시니 그러시려니 하고는 좀 느긋했으련만, 그때만 하더라도 스승 성격을 미처 알기 전이라 송구스런 마음에 등줄기에서 식은 땀을 줄줄 흘렸어. 그 뒤로는 스승 법회 진행을 볼 때 한동안 말이 빨라졌지.

아무튼 내 느긋한 성미도 스승과 곁님 덕택에 빨라지고 미리 계획을 세워서 움직이게 되었어. 더구나 늘 책상 위에 잡동사니가 수북이 쌓여 노트나 펜 하나, 무엇을 찾으려 해도 한참을 온 책상 위를 다 뒤집어 가며 찾던 버릇이 고쳐졌어. 이제는 나름 청소도 하고 정리를 해. 놀라운 것은 책상이든, 방이든 둘레 정리를 하고 나면 머릿속까지 깔끔해지는 느낌이야.

무엇이든 때때로 부지런히 털고 닦아서 티끌과 먼지가 끼지 않도록 해야 하겠어. 구석구석 쓸고 닦아내면 바깥에 쌓인 티끌과 먼지만 닦이지 않고, 머릿속은 말할 것도 없이 마음도 맑게 닦이는 느낌이 드니까.

불편을 무릅쓰고 청소해야지, 조금조금 쌓여가는 문제를 그냥 내버려두면 겉으로는 참 멀쩡해. 아주 조용히 문제가 쌓여갈 뿐이니까. 그런데 드러내 풀려고 들면 조금은 소란스럽고 피곤해져. 온 집안 청소만 해도 식구들 모두 이런저런 불편을 견뎌야 하는 걸 보면 알 수가 있지. 그러나 이런 소동이야말로 문제풀이 비롯이라고 여기면 너끈히 견딜 만해. 삶이란 맑고 튼튼한 삶을 이어가려고 귀찮음을 무릅쓰고 청소를 하고, 내 소란스러움을 잠시 견디어 다 함께 편안하고 기꺼울 수 있는 길을 여는 거야.

굶주리는 나라에서 살쪄오다니

길상회 회장을 하고 맑고 향기롭게 이사를 했던 강정옥 보살은 1983년에 불일암에 가서 스승을 처음 뵈었어. 그런데 말씀 끝에 영가천도 이야기를 꺼냈어. 그때 스승은 딱 한 마디를 하셨대.

"보살님은 그런데 관심이 많으신가 봐요."

아차 싶었던 강정옥 보살은 바로 말씀을 거둬들였어. 길상사에 관음상을 세운 조각가 최종태 선생이 어느 날 스승에게 물었어. "사람이 죽으면 어떻게 되나요?"

스승은 "절집에서는 그럴 땐 독화살 이야기를 합니다."라고 하셨어. 최종태 선생은 이 말씀을 바로 알아들으셨고.

길상사가 개원한 뒤 스승 법문이 시처럼 수려하다고 여긴 강정옥 보살이 스승께 여쭈었어. "스님은 어떻게 그렇게 글도 잘 쓰시고 말씀도 잘하세요?" 이때도 스승은 "책을 많이 읽었습니다."라고 짧게 답을 했어. 그리고 또 한참이 지나고 강정옥 보살이 인도에 다녀와서 스승을 찾아뵌 자리에서 "'제가 이번에 인도를 열흘 넘게

여행을 하면서 살이 쪄가지고 왔어요." 하고 무심코 말씀드렸더니 스승이 "아니, 그 가난하고 굶주리는 나라에 가서 살이 쪄가지고 오면 어떻게 합니까?" 하고 퇴박을 놓으셨어. "듣고 보니까 고생하는 분들은 생각도 안 하고 철없는 소리를 했더라고요. 괜히 싱거운 소리 했다가 아주 혼났어요."

스승은 여느 분들에게는 이를 데 없이 자상하시지만 귀가 열린 분에게는 늘 시퍼런 반야검을 바로 들이대셨어. 출가자들이 집 떠날 때보다 몸무게가 더 나간다면 잘못 살았다고 서슬이 시퍼렇던 분이니 오죽하겠어?

종교인은 제 존재와 사회에 눈을 떠야

스승 속세 조카인 현장 스님은 고등학교 1학년 때부터 정혜원 불교학생회 활동을 하면서 고등학교를 졸업하고, 대학을 나와 사회생활을 하기보다는 출가해야겠다는 마음을 굳히고 어머니에게 말씀을 드렸어. 그랬더니 어머니가 봉은사 다래헌으로 스승을 찾아갔어.

그 얘기를 들은 스승은 '우리 집안에서 또 중이 나오겠구나.' 하면서 현장 스님에게 편지를 하셨대.

네 출가 소식을 듣고 내가 출가할 때 마음을 떠올렸다면서 "먼저 학문을 익혀 자신과 사회에 눈떠야 한다. 그런 다음에 출가를 하겠다면 돕겠다. 종교가 사회에 어떤 영향을 끼치고 어떤 기능을 할 수 있는지가 중요한데, 자기 존재와 사회에 눈을 뜨지 못하면 거꾸로 종교가 부정되는 역기능이 될 수 있다."고.

현장 스님이 입산한 1975년 4월에 불일암을 짓기 시작했어. 불일암 자리에 있던 암자 이름은 자정암慈靜庵이었대. 스승은 서울을 떠나 쓰실 암자를 전국을 다니며 보시다가 자정암에 올라 때마침 꽃망울이 벙그는 매화를 보고는 '이곳이 내가 살 만한 곳이구나.' 라고 생각하셨대.

"자정암을 헐어 나온 재목과 기와로 부엌 채를 지었어요. 불일암 건물을 지은 기와나 목재는 모두 인부들이 등짐을 져 날랐어요. 인부들 식사는 큰 절에서 해서 날랐어요. 제가 밥과 찬을 들고 하루 두 차례씩 오르내리며 백 일 남짓 바라지를 했어요. 행자 때 지은 복으로 평생을 산다고 스님이 늘 말씀하셨는데, 그 덕분에 이제껏 큰 탈 없이 살고 있나 봅니다. 암자 이름은 한 번 크게 쉰다는 뜻을 가진 일휴암一休庵과 불일암佛日庵, 둘을 놓고 저울질하다가 불일암으로 지었어요."

그 뒤로 현장 스님은 불일암에 들어가 스승을 모셨어. 스승은 그곳에서 17년을 사셨어.

"제가 출가하는 봄에 불일암을 짓기 시작해서 계를 받는 날 낙성식을 했으니, 불일암과 제 출가 나이가 똑같아요. 그때 촛대처럼 가는 후박나무 묘목을 심었어요. 불일암에 갈 때마다 후박나무를 만지며 숨결도 느껴보는데, 그 가냘팠던 나무가 아름드리로 자라서 큰 그늘을 드리우고 있어요. 나무는 그렇게 컸는데 저는 별로 크지 못해서 그 나무 앞에서 부끄러울 때가 많아요. 후박나무는 그동안 불일에 오간 사람들, 그곳에 살던 사람들, 꽃이 피고 지던 소식, 헌식대獻食臺를 스쳐간 동물들을 비롯한 불일 숨결을 낱낱이 기억을 하고 있을 테죠."

현장 스님에게 불일암은 생생히 살아 숨 쉬는 어머니 품 같은 곳일 거야.

피와 오줌이 이리도 맑아?

의대를 다니던 피상순 박사는 자연스럽게 스승 건강을 챙겨드
렸어.

의과대학엘 다니니까 스승은 어디가 아프면 피상순 선생에게 물
어보곤 하셨대. 또 스승이 몸이 편치 않다고 하시면 확인해 드리
고 피와 오줌을 받아다가 검사를 해 결과를 알려드리고 했대.

그런 피 선생을 스승은 홈닥터라고 부르셨지. 그때 병원검사실
에선 어떤 분이기에 피와 소변이 이리도 맑으냐고 물었대.

"불일에 가보면 가끔 스님이 빨려고 내놓은 옷을 보거든요. 그런
데 그 옷이 마치 갓 빨아놓은 옷처럼 너무 깨끗해요. 몸이 아주 깔
끔하신가 봐요."

그러니까 맡아야 해요

1993년 윤청광 선생은 '책의 해' 조직위원회 기획·홍보 책임을 맡아 종로구 사간동에 있는 출판문화회관에 날마다 출근하셨대. 그러던 어느 날 바로 옆에 있는 법련사 불일출판사 청학 스님에게 연락이 왔어. 스승께서 만나자고 하신다는 것.

이때 이미 스승은 《무소유》로 세상에 널리 알려진 '유명한 스님' 이셨어. 그날 밤, 쓰러져가던 납작 기와집 법련사 비좁은 방에는 스승, 현호 스님, 청학 스님을 비롯해 동화작가 정채봉, 출판인 김형균, 김자경 씨가 올망졸망 모여 앉았대. 무슨 일로 이렇게 부르셨을까. 모두들 궁금해하고 있는데 스승이 입을 여셨대.

"그동안 내가 시주 은혜만 입고 살아왔는데, 이제는 밥값은 하고 가야겠다는 생각이 들어서 이 세상을 맑히는 일을 무엇인가 해야겠으니, 여러분께서 힘을 보태주시오."

까다롭고, 대쪽 같고 칼날 같아서 번거로운 일 싫어하시기로 널리 알려진 스승께서 이날 밤 내놓은 화두話頭는 '맑고 향기롭게' 글씨앗 여섯 개.

'무슨 운동을 어떻게 어떤 일을 벌여야 할까?' 화두를 받은 분들이 풀어야 할 일. 오랫동안 끙끙 머리 싸매고 빚은 것이 '마음을 맑고 향기롭게, 세상을 맑고 향기롭게, 자연을 맑고 향기롭게' 세 가지로 실천덕목을 세 가지씩 묶어 아홉 가지를 청학 스님 편에 스승께 내고, "그래 이렇게 하면 되겠구먼." 하는 스승 인가를 받아 '맑고 향기롭게' 살아가기 운동 첫걸음을 내디뎠어.

그리고 며칠 뒤, 법련사 비좁은 방에서 '맑고 향기롭게' 운동을 펼칠 모둠 이름과 맡을 일을 나누는 자리에서 스승은 "본부장은 윤 거사가 맡으시오."라고 하셨대. 순간 아찔해진 윤청광 선생.
"스님, 그건 절대로 안 됩니다!"
"왜요?"
"저는 술 마시지요, 담배 피우지요, 그리고 그보다도 맑고 향기롭지 못한 사람인데, 감히 제가 어찌 '맑고 향기롭게' 본부장을 할 수 있겠습니까? 그러니 저는 안 됩니다."
그런데 그 말씀이 끝나기도 전에 스승께서 단호히 말씀하셨대.

"그러니까, 맡아야 합니다. 아시겠소?"

할 말을 잃은 윤 선생. 그동안 맑고 향기롭지 못한 삶을 살아왔다고? 지금 당장부터라도 맑고 향기롭게 살아야 할 것이 아니냐는 드잡이에 정신이 번쩍 드셨대. 찍소리 못 하고 17년 동안 '엉터리 본부장'을 해 왔다고 털어놓으셔. 어느 세월에 스승께 빚을 갚겠느냐며.

청소 불공

스승은 한때 사람들에게 '청소 불공'을 하라고 말씀하셨어. 쓸고 닦는 일에서 정갈한 마음으로 불전에 공양 올리는 것과 같은 걸 느껴야 한다는 말씀이셨어.

이 말씀 끝에 부처님 제자 가운데 아주 머리가 둔해서 부처님 말씀을 한 마디도 외우지 못하는 이가 있었어. 주리판타카라고. 주리판타카는 형 마하판타카와 함께 출가를 했는데 형은 머리가 좋아 무슨 말씀이든 쉽게 헤아렸어. 그런데 주리판타카는 머리가 하도 둔해서 아무리 간단한 말씀도 기억하질 못했지. 그래서 '바보'라고 놀림을 받았어.

주리판타카는 여러 사람들에게 바보라고 놀림당하는 것이 서러워서가 아니라 자신이 바보라는 것이 서러웠어. 다른 것은 다 참을 수 있었으나 제가 부처님 가르침을 기억할 수 없다는 부끄러움에 더 견딜 수가 없었어. 그래서 부처님 곁을 떠나기로 마음먹고 부처님을 찾아뵈었어.

"부처님, 저는 아무래도 부처님 제자가 되기에는 너무 모자라요. 부처님께서 아무리 좋은 말씀을 해주셔도 저는 한 마디도 기억하지 못하니까요. 그래서 부처님 곁을 떠나려고 하니 허락해주세요."

부처님은 "주리판타카야! 내 말을 기억하고 외우기는 그리 중요하지 않다. 오늘부터 너는 도량을 말끔히 쓸고 다른 스님들이 탁발하고 돌아오면 그이들 발을 깨끗이 씻어줘라. 날마다." 그러면서 주리판타카 손에 빗자루를 쥐어주며 "깨끗이 쓸자."를 외우라고 하셨지.

주리판타카는 날마다 빗자루를 들고 마당을 쓸면서 "깨끗이 쓸자."를 외웠어. 그런데 "깨끗이"를 외우고 나서 "쓸자"를 하려면 생각이 나지 않았고 "쓸자"를 외우고 "깨끗이"를 외우려면 잊어버리곤 해서 곁에 있는 사람들에게 늘 물어야 했어.

그렇게 몇 해가 흘렀어. 그러던 어느 날, 주리판타카는 문득 빗자루를 던져 버렸어.

"아하, 알았다! 알았어. 나는 이제 부처님께서 내게 빗자루를 주시며 도량을 쓸게 한 까닭을 알았어. 나는 알았다고. 아아, 이 기쁨이여."

이처럼 스승은 깨달음은 일상에서 오롯이 와 닿는 것이지. 따로 수행해서 얻어지는 것이 아니라고 말씀하셨어.

흰 구름 걷히면 청산

산이건 물이건

그대로 두라

하필이면 서쪽에만

극락 세계랴

흰 구름 걷히면

청산인 것을

스승이 남긴 우리말 선시禪詩야.

서방정토 극락세계 가려고 애면글면할 것 없이 흰 구름 걷어내고 저다움을 고스란히 드러내면 바로 또렷이 맑다는 말씀이야. 그러면 하는 일마다 부처님께 올리는 공양 아닌 것이 없고 곳곳에 부처님 아닌 이가 없다는 말씀으로 본디 지닌 붓다 씨앗, 본디 맑음을 드러내 결고이 살아가면 그것이 바로 맑고 향기롭게 사는 길이라고 하셨던 거지.

스승은 "경전에서 보거나 종교 이론은 속이 비어 메마르다. 참다운 앎이 아니기에. 참으로 옹근 앎은 누구에게서 빌려오는 것이 아니라 내가 몸소 부딪쳐 겪어야 한다."고 하셨지. 그렇기에 깨달음을 얻으려고 수행하다고 여기지 말라. 깨달음이란 굳이 말하자면 보름달처럼 차오르는 것이라고 하셨어. 무슨 말씀인가? 앎 따로 삶 따로일 수 없다는 말씀으로 삶에 녹아들지 않는 앎은 모두 가짜란 말씀이야. 주의 깊게 짚어보면 알아차림과 살아내는 것은 한꺼번에 이뤄지는 것이지, 세상 모든 것을 다 알아차리고 나서 살아내는 것이 아니라는 거야. 그래서 늘 물 흐르듯이 현재진행형이지 마침표 찍듯이 마무리될 수 없어.

그러니까 스스로 주인공으로 줏대 세워 두루 어우러져 조심조심 사려 깊게 하나하나 익혀가며 한 걸음 한 걸음 내디디며 살아내는 것이 붓다이고 보살이라는 것이야. 그러니 붓다나 보살은 늘 여리고 서툴러. 그래서 늘 조심스레 가만가만 살살 살아내지.

선화, 팔리지 않더라도 남겨놓고 죽어라

  픽 오래전 어느 해인가 이철수 화백은 선화禪畵라고 할 수 있는 그림만을 따로 모아서 달력을 만들었는데 잘 팔리지 않았어. 그 달력을 스승께도 드렸는데 스승이 그 이듬해에 그 달력 더 나오지 않느냐고 물어보셨대.

  "팔리지 않으니까 하지 않는다고 그랬는데, 그 뒤로도 전시회에 오시면 말씀하곤 하셨는데, 돌아가시기 몇 해 전부터는 뵐 때마다 선화를 계속하라고 꼭 한 마디씩 하셨어요."

  그래서 장사도 안 되는데 만들어 뭐하겠느냐고 말씀드리면, 사람들이 알아보지 못하거나 팔리지 않더라도 좀 남겨놓고 죽으면 좋지 않겠느냐고 그러셨대. 이 화백은 스승이 돌아가시고 나니까 그 생각이 다시 들더라고 했어.

매화천지를 만들어 보라

40년 전 빚더미에 앉은 홍쌍리 선생 댁에 스승이 오셨어. 집 둘레 악산이라 아무도 가져가려 하지 않던 악산 아래 매화나무를 빼곡히 심겠다는 홍쌍리 선생에게 스승이 말씀하셨어. "저 가파른 산비탈에다가 매화를 심어 꽃 누리를 만들어보지 않겠느냐"고. 그러나 선생은 할 수 없다고 잘랐어. "뒷날 후회하지는 않을 텐데……."라고 거듭 권하는 스승 말씀에 죽으면 죽었지 그렇게는 못 한다고 되받았어.

"맨몸으로 다녀도 힘든 곳이거든요. 떨어진 밤이 골짜기로 다 모여서, 따로 주우러 가지 않고 바로 소쿠리에 쓸어 담을 만큼 가파른 곳인데, 거기다 매화나무를 심을라 카면. 아휴, 그래서 '맨몸으로도 못 다니는데 거기다 심으면 매실을 딸 수도 없습니다.' 그랬어요."

스승이 거듭 말씀하셨대. "가팔라서 매실은 못 따니까 꽃 누리를 만들어 도시 사람들이 마음 찌꺼기를 버리고 갈 수 있도록 극락을 하나 만들어보라."고. 간곡한 스승 말씀에 스님을 따라 온 산을 모두 둘러보고는 "스님 내 할게요." 하고 약속을 드리고 말았어. 봄이 오면 온 나라 사람들이 구름떼처럼 모여 들어 어우렁더우렁 누리는 이곳은 그렇게 비롯했어.

그렇게 움이 튼 매화 누리는 매화나무 한 그루 한 그루가 선생 눈물을 밥인 양 먹고 자랐어. 매화나무에 소복이 눈이 내려 쌓이는 날이면 사람들은 설중매라고 모두 소리를 질러대지만 선생은 그런 밤이면, 잠을 하얗게 지새웠어.

헤
아
리
기

둘.

"맑고 향기롭게 살아가려면 먼저 저를 속속들이 지켜보고 스스로를 관리, 감시하여 행여 욕심내지 않고 삿

된 길로 빠지지 않도록 마음을 늦추지 말아야 합니다. 또 하나는 사랑하는 것입니다. 콩 반쪽이라도 나눠

갖으려는 마음이 삶 속에, 자연스럽게 배어 있어야 합니다." 보살이나 붓다다우려면 이 두 가지 일을 스스

로 해야 한다는 말씀이셨어.

인연은 시간이란 체에 걸러진다

지금은 초당대 교수로 있는 문현철은 대학 1학년 때, 스승께 아버지가 돌아가시고 광주에서 살다가 아버지 고향인 전남 화순으로 내려가게 된 내력, 어머니가 떠난 까닭, 유독 현철을 아꼈던 할머니 사랑, 고마움, 죄송함을 낱낱이 털어놓으면서 여쭸어.

"스님, 다른 사람들은 다 엄마, 아빠라는 말이 자연스러운데 저는 그렇지 않습니다. 친구 할머니가 돌아가셨다고 하면 눈물이 나오는데, 친구 아버지, 어머니 돌아가셨다고 하면 실감이 나지 않습니다. 그런 부모자식 관계도 여느 부모자식과 같은 인연이라고 할 수 있을까요?"

불일암 툇마루에서 말없이 조계산 자락을 바라보던 스승은 조용히 입을 여셔.

부모자식 인연도

부모자식이기에 앞서

사람과 사람 만남이다.

인연은 시간이란 체에 걸러진다.

시간이란 체 속에 사람의지로

어찌할 수 없는 길고 짧음이 있다.

모든 부모가 자식 곁에 오래 남아

뒷바라지를 해줄 수는 없다.

부모님이 계시지 않은 것을 두고

쓸데없는 상상을 하지 마라.

부모가 있고 없고에 매달림은

생각에 얽매이는 노예가 되는 일.

네 얘기를 객관화시켜라.

사람은 저마다 타고난 결이 있다

난 경찰관이 되고 싶은데, 스님은 무엇이 되고 싶으냐고 물어 "난 나이고 싶다."는 답을 들었던 초등학생 규호는 뒷날 사진작가가 되었어. 이 사람이 도예가 김기철 선생이 둔 삼남매 가운데 막내아들이야. 그런데 이 규호가 남달리 장난이 심해 부모님이 걱정을 좀 했어. 그러나 스승은 늘 규호를 두둔하며 가장 덕성스럽다고 하셨대.

그리고 그 위로 미현이란 따님이 있어. 그런데 미현이가 프랑스 유학을 가고 싶어 했는데 여성이 해외유학을 한다면 부모들은 아무래도 조심스러워 반대를 하셨어. 미현이는 가고 싶어 하고. 김기철 선생네 식구들은 식구들이 머리를 맞대어 의논하다가 문제가 풀리지 않으면 스승을 찾았어. 그럴 때마다 스승은 명판결을 내리셨는데 언제나 그랬듯이 스승은 아이들 손을 들어주셨어.

"저희 딸은 집안 식구들이 반대하는 프랑스 유학을 스님 도움으로 떠날 수 있었어요. 사진을 배우고 나서 세 얻어 사는 조그만 아파트에서 제 친구들과 선생님, 그리고 이웃들이 보게끔 첫 전시회를 열었어요. 한 20년 전쯤 되나? 꽤 오래전 일인데. 그때 프랑스에 가신 스님이 일부러 딸이 사는 곳을 찾아오셔서 전시를 보시고는 한 말씀 적어놓고 가셨어요. '미현이 사진을 보니까 이제 안심이 된다.'고. 올해 스님이 돌아가시고 난 뒤에 딸아이가 전화를 했더군요. 사진을 정리하다가 스님이 써놓으신 글을 다시 보게 됐는데 새삼 콧등이 시리고 가슴이 뭉클하다네요."

김기철 선생 부인 본자연 보살님 말씀이야.

단청 빛깔이 저마다 튀지만 멀리서 보면 조화롭듯이 그윽한 스승 사랑은 개성을 감싸 아우르셨어.

목숨도 없어질 수 있는데

위재춘 선생 아버지가 재건학교 지원 컨소시엄을 구성해 교육재
단을 만들기로 했는데 함께하겠다던 다른 사람들이 발을 빼는 바
람에 홀로 학교법인을 세웠어. 그런데 위재춘 선생이 28세 때 부도
를 맞았대.

채권자들이 경영을 할 수 없어 포기하는 바람에 학교법인 위재
춘 선생이 맡을 수밖에 없었어.

학교는 교장에게 위임을 하고 사업체는 위재춘 선생이 따로 떼
어 경영을 해서 어렵사리 일어섰으나 5년 뒤 부도를 맞고 무너져
내렸어. 고민 끝에 스승을 찾아 여쭸어.

스승은 어제 땔감을 정리하려고 전기톱을 가진 인부와 나뭇가
지 자르는 일을 도우려고 발로 자르는 나뭇가지를 눌러주고 있는
데, 나뭇가지가 썩었는지 갑자기 주저앉아 전기톱 쪽으로 몸이 쓰
러지고, 전기톱이 스승 몸에 닿기 직전 인부가 간신히 전기톱을 빼
냈대. 그야말로 절체절명. 몸이 두 동강이 나기 전에 살아났다는

말씀을 하셨대.

"그때 인부가 전기톱을 미처 빼내지 못했다면 지금 내 목숨은 여기 없을 것이네. 이렇게 목숨도 없어질 수 있는 마당에 돈이란 건 있다가도 없어지게 마련이고 없다가도 생기는 법이니 너무 절 망을 말고 찬찬히 헤아리면 솟아날 길이 있을 것이야."

어음을 가진 이들을 한 사람 한 사람 찾아가 협상을 해보라는 말씀에 용기가 솟은 위재춘 선생, 가붓한 마음으로 산에서 내려와 이튿날부터 협상을 시작해 되살아날 발판을 마련했대.

친절암 불일암

"화장실을 정랑이라고 하나요? 들어가 보니까 낙엽통이 있고 부삽이 있고 비가 있었어요. 신발을 벗으라고 쓰여 있어서 벗고 거기 있는 다른 신으로 갈아 신고 들어갔더니 보통집 대청마루보다 더 깨끗해요. 창살을 듬성듬성 박아놨는데 거기 앉으니 대밭이 훤히 보이고 대숲에 이는 바람소리가 운치가 있었어요. 벽에 '볼일을 마치면 배설물을 낙엽으로 덮읍시다.'라고 쓰여 있어요. 그제야 왜 낙엽이 있고 비가 있는지 알아차릴 수 있었죠. 나오다 보면 '나올 때 문 걸기'라고 쓰여 있었어요. 고분고분 지시에 따랐어요. 우리 생각에는 화장실은 냄새도 나고 그런 곳인데 깨끗하게 해놓고는 그곳이 기도처라 하시면서 거기서 볼일을 보는 동안은 누구라도 마음에 잡념이 없어진다고 그러시더군요."

불일암 뒷간을 다녀온 박청수 교무 말씀이야. 박청수 교무는 첫 책 세계기행《기다렸던 사람들》을 스승에게 보내드렸는데, 스승께서 앉아서 세계 구경을 하게 해줘서 고맙다고 엽서를 보내 주셔서 인연이 됐어. 그렇게 몇 차례 편지를 주고받은 뒤 박청수 교무가 불일암에 가고 싶다고 말씀드렸어.

그랬더니 "……매화가지에 꽃망울이 조금씩 부풀어 오르고 댓잎이 부서지는 봄햇살이 향기롭습니다. 꽃가지에 향기가 번질 때쯤 다녀가십시오." 하고 화답을 받고, 꽃가지에 향기가 번지는 시절인연을 꼭 맞춘 1991년 3월 20일, 불일암을 찾았어. 첫날 저녁은 먼저 와 있던 젊은이들과 함께 했는데 스승은 "여럿이 먹으니까 참 맛있다. 혼자서 하는 식사는 주유소에서 기름 넣은 거나 다름없어요."라고 하셨대.

이 말씀은 아주 여러분이 하는 것으로 보아 홀로 사는 스승은 밥을 드실 때 특히 외로우셨던 것 같아.

박청수 교무가 본 불일암은 자연뿐 아니라 어디도 정결했대.

"누가 그렇게 쌓아놓으라고 그러지 않았을 텐데 장작을 패서 쌓아놓은 모습은 물론 어디든지 질서정연하고 깔끔해요. 당신 쓰시는 농기구도 깨끗하게 닦아서 걸어놓으시고 톱 하나도 제자리에 다 있고 쓰셨던 면장갑도 깨끗이 빨아가지고 가지런히 담겨 있어요."

그뿐 아니래. 우물 또한 마치 막 싹싹 쓸고 닦은 듯한 바위에 물이 고여 있는데 거기 그렇게 쓰여 있었어. '식수에 물 튀기지 않도록' 그러다 보니 물 한 모금을 마셔도 조심스러워지고. 세수간엘 들어가도 물통, 대야, 빨래판, 비누 그리고 신고 들어가는 슬리퍼도 깔끔하게 다 제자리에 질서정연하게 가지런히 놓여 있어. 그게 일상이라고 생각하니 숨이 막히더라고 하대, 교무님이.

박청수 교무님을 더 놀라자빠지게 한 것은 식당채 뒤뜰에 나란히 묻혀 있는 자그마한 항아리들이었어. 뭔지 호기심이 돌아 뚜껑을 열어보니 그 안에 빨간 글씨로 "열어보지 마시오."라고 쓰고는 또 아래에다 검정 글씨로 "91년 여름에 먹을 짠무지"라고 쓴 비닐봉지로 꽁꽁 싸매어 있었대.

기겁을 해 얼른 뚜껑을 닫고는 그래도 궁금증을 누를 길 없어 다른 항아리를 또 열어 봤어. 거기도 마찬가지 '열어 보지 마시오. 1991년 여름에 먹을 배추김치.' 이렇게 쓰여 있었어.

나그네들 호기심이 비슷하기에 이렇게 써놓으셨겠지? 누리에서 가장 결고운 친절암이 바로 불일암?

무설전과 설법전

길상사가 문을 열기 전 청학 스님은 최완수 선생에게 여쭸어. 긴 방이 있는데 아무래도 사람들이 많이 모이는 강당으로 써야 하겠다며. 선생은 무설전으로 할지 설법전으로 할지, 스승과 의논하라고 했어.

스승은 무설전이라면 수 쓰는 거니까. 그냥 평범하게 설법전으로 하자고 그러셨대. 그래서 석가모니부처님 단독상을 모시자면서 청학 스님은 단독 시주자가 나타났으니 시줏돈에 맞춰 순금불상을 예술품으로 잘 만들어서 봉안을 하자고 했어.

선생은 너무 작으면 집어가기 쉬워 멀쩡한 사람 하나 도둑놈 만들기 딱 좋지 않겠느냐, 널따란 방에 조그만 불상 하나 놓였을 때 구성미도 생각해보라고 해서 강인하고 장대한 느낌을 가진 부처님이면 좋겠다는 생각에서 지금 국립박물관에 모셔져 있는 황복사 삼층탑에서 나온 순금불을 원형으로 삼은 석가모니 부처님을 모셨어.

파리 길상사가 태어나다

재불화가 방혜자 화백은 1991년 귀국해 가장 먼저 불일암을 찾아 1982년에 입은 은혜 갚음으로 유럽 종교계를 돌아보시게 하려고 스승을 초대했어.

"망설임 없이 선뜻 마음을 내시고는 꼭 청학 스님과 함께 오시겠다고 하셨어요. 이듬해 봄 비행기 표를 보내려고 연락을 드렸더니 스님께서는 원고료 받은 것이 있다고 하시며 손사래를 치셨어요. 파리에 스튜디오를 하나 구해드렸더니 두 달 동안 계시면서 유럽을 돌아보셨어요."

그때 방 화백은 우리나라 기독교 장로 자녀에게 그림을 가르치고 있었는데, 그림으로 불안정한 정서를 달래던 그 학생이 어느 날 '파리엔 절이 없어요?' 하고 묻더래. 그 물음에 종교가 달라도 절은, 외국에 나와 사는 한국 사람들에게 귀의처가 될 수 있겠구나 싶었대.

"그 학생을 가장 먼저 스님께 데리고 갔더니 마음에 안정을 찾을 수 있는 좋은 말씀을 해 주셨어요. 스님께서는 그때 이런 이들이 마음을 터놓고 울 수도 있는, 고향에 온 듯한 느낌이 드는 명상실 같은 게 있으면 좋겠다고 마음을 내신 것 같아요."

방혜자 화백. 스승을 모시기 전에 파리에 있는 불자모임 사람들을 만나서 스승이 오신다는 소식을 알리고 안내를 부탁했어. 1991년 5월 19일 만들어진 불자모임은 '재불교민불자회.'

스승을 모신 법회에서 이곳에 조그마한 절이 하나 있으면 좋겠다는 말이 자연스럽게 또 나왔대. 그때 청학스님이 일을 꾸며보자고 선뜻 나서셨다니 파리 길상사나 서울 길상사를 창건하는 데 일등공신이셔.

건립 기금 모으려고 한-재불화가가 어울려 서울 전시회를 열고, 스승도 길상사 건립 모연募緣 강연회를 여시고, 그 밖에 많은 분들이 마음을 모아 1993년 파리 길상사가 문을 열었어.

"개원식 때 계를 받는다고들 하는데, 저는 수도修道를 많이 해야 계를 받을 수 있는 줄 알고 계를 받을 엄두도 내지 못했어요. 그런데 개원식 날 보니까 저만 빼놓고 모두 다 계를 받았더라고요. 스님께서 몹시 섭섭하셨나 봐요. 법명을 다 지어놓으셨는데 저만 계를 받지 않았으니. 스님께서 서울로 돌아가셔서 편지를 보내셨어요. '이 다음에 법명이 필요하면 연화장蓮華藏으로 하시오.' 요전에 그 글을 다시 읽어보고, 그때 왜 그렇게 생각이 짧았는지…… 얼마나 웃었는지 몰라요."

스승은 시몽詩夢 엄마(방 화백)는 불자도 아니면서 길상사가 문을 여는 데 온 정성을 쏟았다고 말씀하셨대. 방 화백은 2년 뒤 법정 스님께 계를 받았어.

"전에는 책 보내실 때 '시몽이 엄마에게'라고 보내주셨는데, 계를 주시고 나서는 꼭 '연화장 보살'에게라고 보내주셨어요."

개원식 전날 밤 방 화백 꿈. 스승이 금빛 가사를 입으시고 앞서서 절 안으로 들어가시고 방 화백이 뒤를 따라 들어가는데 일주문 앞에 선 분이 방 화백에게 묘연妙蓮이라고 돋을새김된 도자기로 만든 둥근판을 주셨대. 묘연, 묘법연화경妙法蓮華經을 이르는 말이니.

"그런데 스님이 법명을 연화장으로 지어놓으셨다니 너무 신기하죠?"

길상사 문을 열기에 앞서서 스승은 현대미술 중심인 파리니까 우리 전통후불탱화보다는 현대화가 더 어울리지 않겠느냐고 말씀하셨대.

"여긴 프랑스 파리니까 추상화로 한번 해보지."

대체 스승 속 깊이는 얼마나 되려나? 어쩌면 세계에서 가장 처음일지도 모를 추상후불탱화(1994)는 그렇게 태어났어. 생명이 피어오르는 모습을 추상으로 나타낸 '피어오르는 생명.'

몸을 바꾸는 다음 생이 아니야

　불일암이 거의 마무리되어 갈 때, 이창숙 박사는 가까운 동무와 같이 가서 청소를 해드렸대. 마루도 닦고 창도 닦고 그 모습을 구산 스님이 올라와서 보시고는, 보살들이 청소를 한다고 애쓰는 모습이 참 갸륵하다면서 이 공덕으로 다음 생에는 좋은 공부를 할 거라고 하셨어. 그 말씀 끝에 스승이 다음 생이 반드시 몸을 바꾸는 다음 생을 가리키는 것이 아니라 하셨대.

　우리는 자꾸 전생이라고 하면 부모에게 몸 받기 이전을 떠올리곤 해. 그러나 전생은 지금 이때 이전 삶이야. 그리고 내생은 죽고 난 뒤뿐만 아니라 바로 요다음부터 내일, 모레 앞날을 가리키지.

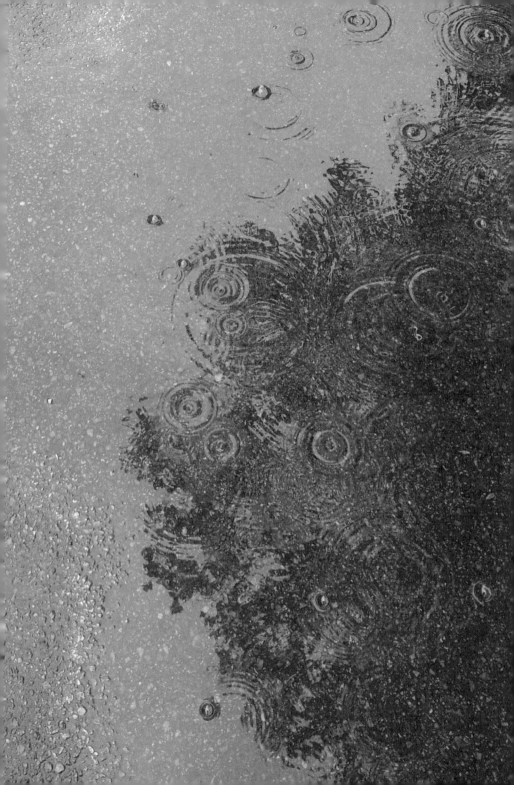

말빚

말로 한 약속을 말빚이라고 해.

'믿을 신信'은 사람이 한 말을 가리켜.

말하자면 사람이 한 말은 믿어야 한다는 말이지.

이처럼 옛 어른들은 사람 말 한마디를 믿었고, 말로 건넨 약속을 반드시 지키려고 애썼어.

말빚 때문에 누구보다 큰 곤욕을 치러야 했던 이가 심청이었을 거야. 심 봉사가, 개천에 빠져 허우적거리다가 때마침 지나가던 스님이 건져주어 살아나서는 공양미 300석을 절에 시주하고 불공을 올리면 눈을 뜰 수 있다는 스님 말에 덜컥 "공양미 300석을 시주하겠다."고 약속을 하고 말아. 심 봉사는 엄청난 말빚을 짊어지고, 끙끙 앓아눕지. 결국 딸 심청이는 아버지 말빚을 갚으려고 상인들에게 팔려 인당수에 빠지고 말지.

스승이 가시고 나서 2010년 7월 4일, 서울 성북동 길상사에서는

'맑고 향기롭게' 두 번째 이사장 취임 고불법회와 맞물려 색다른 '말빚' 갚는 행사가 펼쳐졌어.

2000년 4월, 스승께서《무소유》를 출판해 준 범우사에 '범우 장학금'으로 600만 원을 내놓으시면서 '다음에 한 번 더 장학금을 내놓겠다.'고 약속하셨대. 스승이 그동안 받은 인세는 이렇게 남모르게 장학금으로 쓰였다는 범우사 윤형두 발행인이 들려준 이야기였어. 그러나 스승은 이미 떠나셨고, "한 번 더 장학금을 내놓겠다."고 약속하셨다는 '말빚'을 떠올린 윤청광 선생은 '맑고 향기롭게' 이사회에 알렸어. 이사회 모인 사람 모두가 입 모아 "스님 말빚도 빚이니 갚아드리는 게 우리 도리"라고 뜻을 모았어. 이날 법회에서 장학금 800만 원을 내놓아 스승 말빚을 다 갚아드렸어.

맑고 향기롭게

한 떨기 연꽃 아래 '맑고 향기롭게'라는 글씨 여섯 개 오롯한 팻말이 말씀하려는 것은 무엇일까?

진흙탕에 피어나지만 더러움에 물들지 않고 오롯한 연잎과 연꽃처럼, 우리가 비록 어지러운데 살지만 마음과 세상, 자연을 깨끗하게 맑히며 향기롭게 살자는 뜻이야.

1993년 가을날, 화전민이 살다 떠난 산속 오두막을 빌려 홀로 사시던 스승이 느닷없이 경복궁 앞에 있는 송광사 서울분원 법련사에 나타나셨어. 평소 법정 스님을 흠모하고 따르던 사람들이 스님을 찾아뵈었대. 이 자리에서 스승은 뜻밖에 말씀을 꺼내 놓으셨어.

"맑고 향기롭게" 그리고는 "중이 밥값은 하고 가야겠기에 이 일 한 가지만은 꼭 하고 싶어요."

번거로운 일을 마다해 강연도 설법도 사양하고, 주지 한 번 맡지 않고, 찾아오는 사람이 많다고 불일암을 떠나 산속으로 숨어버린 스승. 그런데 '맑고 향기롭게' 살아가기 운동, 이 한 가지 일만은 하고 싶다니, 아무도 믿기지가 않았대.

'맑고 향기롭게'는 구호가 아니라 '화두'였어. 마주한 이 삶을 어떻게 살아낼 것인가 하는. 그것을 뒷날 죽을 때까지 '맑고 향기롭게' 본부장을 해야 한다고 스승께 엄명을 받은 윤청광 선생이 이 화두를 풀었어.

'마음, 세상, 자연' 누리 뜻 세 갈래를 세워. 꼭지마다 가지런히 담긴 보살다움, 붓다다움.

마음을 맑고 향기롭게

욕심을 줄이고 기꺼이 삽시다.
화내지 말고 웃으며 삽시다.
더불어 삽시다.

세상을 맑고 향기롭게

나누며 삽시다.
양보하며 삽시다.

칭찬하며 삽시다.

자연을 맑고 향기롭게

아끼고 사랑합시다.

꽃 한 포기, 나무 한 그루 가꾸며 삽시다.

덜 쓰고 덜 버립시다.

스승은 '맑고 향기롭게'를 펴면서 이렇게 다짐하셨어.

"맑고 향기롭게 살아가려면 먼저 저를 속속들이 지켜보고 스스로를 관리, 감시하여 행여 욕심내지 않고 삿된 길로 빠지지 않도록 마음을 늦추지 말아야 합니다. 또 하나는 사랑하는 것입니다. 콩 반쪽이라도 나눠 갖으려는 마음이 삶 속에, 자연스럽게 배어 있어야 합니다." 보살이나 붓다다우려면 이 두 가지 일을 스스로 해야 한다는 말씀이셨어.

'맑고 향기롭게' 상징이 연꽃이라 불교운동으로 오해하는 분도 더러 있어. 그러나 순수한 시민운동으로 이어가자는 스승 뜻에 따라 천주교를 따르는 분도, 개신교를 믿는 분도, 원불교를 하는 분도 종교를 넘어 기꺼이 함께 했어.

1994년부터 맑고 향기롭게 운동을 하는 이들은 고만고만한 작은 일에 기꺼워하며, 집이 어려운 학생들에게 장학금도 주고 양로원을 찾아 어르신들을 씻겨 드리고 밭을 일구며, 산에 올라 쓰레기를 줍지.

소년소녀 가장이나 홀로 사는 어르신에게 반찬을 해다 드리고, 노숙자 급식을 도우며, 생태기행을 하고 꽃밭 만들기 운동이며, 김장해 나르기를 비롯해 겉으로 드러내지 않고 '맑고 향기롭게'를 화두 삼아 가만가만 살살 살아내고 있어.

부산, 대구, 마산, 창원, 전주, 광주, 대전, 춘천, 제주 그리고 나라 밖 곳곳으로 번져 직접 운동에 참여하는 이들보다, 눈에 띄지 않게 저마다 제자리에서 맑고 향기롭게 보살로 붓다로 사는 이들이 꼽을 수도 없이 많아.

쓰레기 줍기로 자연을 맑고 향기롭게

"불교에 관심을 가지고 출퇴근하면서 불교방송을 날마다 들었어요. 어느 날 법정 스님이 '맑고 향기롭게' 시민운동을 하신다는 방송이 나오더라고요. 바로 함께 했어요. 1995년에. 처음에 산에 버려진 쓰레기 줍기를 했어요. 의무봉사활동을 나온 학생들이 대부분이고 어른은 저하고 학생들과 함께 온 지도법사 몇 분밖에 없더군요. 쓰레기도 줍고, 맑고 향기롭게 스티커 나눠주는 일을 했지요."

1995년부터 이제까지 한결같이 맑고 향기롭게 활동을 하고 있는 백지현 거사는 초기에는 관악산 쓰레기를 꽤 여러 해 동안 치웠어.

산에 갔다가 툇마루처럼 놓인 평상에 앉아 쉬다 보니 평상 밑에 라면봉지 같은 게 삐죽 나와 있더래. 뭔가 싶어서 당겨보니까 라면봉지, 과자봉지 따위가 줄줄이 꼬리를 물고 나와서 나무 꼬챙이로 파보니까 쓰레기가 엄청나게 나오더라는 거지. 거의 10년이 넘은 쓰레기들이었대. 옛날 라면봉지라던가 라면땅 봉지, 과자봉지, 그리고 통조림 깡통이 많았어. 그다음에 소주병, 막걸리병 순이었다는 거야.

등산객들이 버린 쓰레기를 산을 관리하는 이들이 가지고 내려오기 귀찮으니까 구덩이를 파고 쓰레기를 묻고는 흙을 덮고 나서 평상을 놓았다는 말이야.

보통 평상 하나에 쓰레기가 1톤 트럭으로 하나씩은 나왔대.

백지현 거사는 그 일을 한 3년 남짓했어. 그런데 학생들 의무봉사활동시간이 줄어들자 나오는 학생이 줄어 쓰레기 캐는 일이 어려움에 부닥쳤대.

맑고 향기롭게 사무국에서는 산에 쓰레기만 캐러가기보다는 회원 산행모임을 만들어 산을 타면서 산에 버려진 쓰레기도 주우면 어떻겠느냐는 아이디어를 내놓았어. 도랑 치고 가재 잡자는 얘기지.

의기투합해서 산행모임을 만들어 이름을 '맑고 향기롭게 산행모임'이라고 지었대. 99년도든가? 동두천 소요산에서 첫 산행을 시작해 갈 때마다 집게하고 비닐봉지는 꼭 챙겨갔다는군.

그렇게 산에 다니면서 쓰레기를 주운 햇수가 한 6~7년 된대. 관악산에서 학생들과 쓰레기를 캐던 일까지 보태면 10년이 넘도록 쓰레기를 치운 셈이지.

꾸준히 이어지다 보니 산에 자주 오는 사람들 사이에 이야기가 퍼져서, 맑고 향기롭게 회원들이 쓰레기를 주우면 산을 타는 분들이 수고한다면서 먹을거리도 나눠주곤 했어.

무슨 일이든지 처음은 작고 소박해. 그러나 낙숫물이 떨어져 바위를 뚫듯이, 작은 울림이 모이고 이어지면서 어우러지면 누리를 흔들지.

산에 쓰레기가 줄어들면서 맑고 향기롭게 공식 산행모임은 없앴어. 사람들 속에 쓰레기를 없애야 하겠다는 마음새가 스며들어 곳곳에서 쓰레기를 줍거나 버리지 않겠다며 살아간다면 굳이 그 모임을 이어가지 않더라도 괜찮다는 것이지. 그러나 그 모임식구들이 여전히 산에 올라 자연을 느끼며 늘 쓰레기를 담을 비닐봉지와 집게가 함께 한대.

시민모임 맑고 향기롭게는 일상에서 살며 누리며 얼마든지 보살로 부처로 살 수 있다는 것을 몸으로 보여주는 본보기 모둠이야.

충전하러 장에 가는 스님

스승은 장에 가는 걸 좋아하셨어. 장에 가서 시골 할머니나 아주머니들이 열심히 사는 모습을 보면 충전이 되신대.

뭘 사지는 않으시고, "늘 어떻게 사느냐", "벌이는 얼마나 되느냐?" 물으셨대. 장바닥에 조그마하게 나물 같은 걸 뜯어다 파는 분들이야말로 가진 게 없는데 그 빈 마음을 지닌 가난한 분들 맑고 밝은 표정을 좋아하고 아주 부러워하셨어. 불일암 둘레 오일장을 다 꿰고 계셨어. 순천, 승주, 주암…….

아등바등 살아내려는 힘이 고스란하고, 거리낌 없이, 거칠지만 풋풋하고 버겁지만 농익은 삶터, 거기에서만 느낄 수 있는 거친 숨소리가 있고 삶과 죽음이도 가지런한 곳.

절집 벽에 있는 '십우도十牛圖'에도 보면 소를 타고 소를 찾아다니다가 소등에 타고 있다는 것을 알아차린 뒤에 기어이 돌아가는데가 '저자', 장터야.

전생에 다 해봤어

'맑고 향기롭게' 이사회 때나 지방 법회 때 스승을 모시고 함께 공양을 하게 되는데 재가자들에게는 곡차도 마시게 하고, 불고기나 생선회 먹는 것도 나무라지 않으셨대.

스승은 이따금 이런 말씀하셨어.

"여럿이 먹는 게 공양이지, 혼자 먹는 건 급유야, 급유! 기름 떨어진 자동차에 넣는."

저희끼리만 곡차를 마시고 생선회를 먹기가 죄송스러워서 빈말로라도 스승께 한마디 올리는 사람이 있어.

"스님, 약으로 아시고 곡차 한 잔만 드시지요. 또는 약으로 아시고 회 한 점 드시지요." 하면 스승은 웃으면서 늘 같은 대답을 해주셨대.

"나는 전생에 많이 마셔 봤고, 전생에 고기도 회도 많이 먹어 봤으니 전생에 못 잡수신 여러분이나 많이 드시오."

당신은 술 한 방울 입에 대신 일이 없으셨지만 파리 길상사를 세우려고 청학 스님과 함께 파리에 가신 스승은 유럽 여행에 나선 방송인 이계진 씨 부부를 우연히 만나셨어. 요즘처럼 해외여행이 일상이 되지 못했던 때 얼마나 반갑고 신기했을까.

스승은 변덕스런 파리 날씨를 걱정하시면서 여기저기를 뒤져, 감기가 들면 우려먹으라며 봉지차도 몇 개 쥐어 주시며 자상한 아버지마냥 챙겨 주셨대. 그리고 마로니에 아름다운 황금 단풍잎이 그렇게 좋으셨는지 파리 길거리에서 주우신 마로니에 열매 이야기하시는 게 꼭 새벽 숲속에서 알밤을 주워 온 아이들처럼 즐겁고 신기한 듯 보였대.

반갑고 기쁜 마음에 파리 시내 이곳저곳 아기자기한 길목과 가볼 곳들을 손수 안내를 해주시고, 추억으로 남을 만한 곳에서는 사진을 찍어주시는 자상함을 보이셨다더군.

부부는 이리 자상하고 천진스런 무료 관광가이드(?) 스승과 시간 가는 줄 몰랐는데, 오후 시간 땀도 많이 나고 슬슬 다리도 아파 와 어디라도 앉고 싶은 마음이 간절해질 때쯤, 스승이 불쑥 "목이 마르지 않아요?" 하시며 노천카페로 쑥 들어가 맥주를 주문하시고는 "향적 거사, 목마를 땐 맥주가 좋다며? 한잔 쭈욱 들이키시오.” 하시고는 부부에게 맥주를 따라주셨대.

깨닫고 나면 불자이길 그쳐

"깨닫고 나면 불자이길 그친다."

스승이 장익 주교에게 하셨다는 말씀이야.

장익 주교는 이 말씀 끝에 "사람들은 흔히 절에 다니는 사람이 왜 그래? 교회 다니는 사람이 왜 저래? 하지만 천사는 교회에 들어올 자격이 없어요."라고 하셨어. 그때 불국사 취재를 하러 갔을 때 선원 문에 붙어 있던 '오도자불입悟道者不入, 깨친 사람은 들어올 것 없어!'라고 한 편액이 떠올랐어. 깨닫지 못한 이들만 들어오라? 무슨 말씀인가?

절에 가면 법당 벽에 소 그림이 몇 장 붙어 있어. 십우도라고. 소 타고 소 찾으러 헤매다가 제가 소를 타고 있다는 것을 알아차리고 돌아온 곳이 사람들이 북적거리는 저자이지. 장익 주교님에게 뒤 말씀을 듣지 않았지만 공부를 마쳤으면 거리에 나가 낮은 데서 떨고 있는 예수님, 부처님에게 공양 올릴 일이지, 교회에 절에 왜 가겠느냐는 준엄한 말씀이야. 스승이 깨닫고, 알아차리고 나면 불자이길 그친다는 말씀은 자비로운 마음으로 이웃을 보듬어 안을 때 불교를 따르는 이만 보듬고 그렇지 않은 이들은 내친다면 어찌 부처답다고 할 수 있겠느냐는 일갈이야. 그래서 스승은 히말라야에 오르는 길은 여럿이 있고 가는 방법도 여럿이지만 꼭대기는 하나라고 늘 말씀하셨지.

매화는 반만 피었을 때 운치가 있고

매화는 반만 피었을 때 운치가 있고
벚꽃은 남김없이 활짝 피어나야 여한이 없다
복사꽃은 멀리서 보아야 제대로 누릴 수 있고
배꽃은 가까이서 볼 때 맑고 또렷이 느낄 수 있다

어느 해 봄 법석에서 하신 말씀이야. 사실 이 꽃송이들을 견줘 보면 모두 닮아서 내 눈에는 그게 그거 같아 잘 모르겠어. 그런데 이 어른 눈에는 어째서 저리 또렷이 보이실까? 스승은 사람들이 말씀하듯이 절대미감을 가지셨어. 그 눈길에는 눈으로 보는 것만 있는 것이 아니라 손길, 귀길, 코길 같은 느낌이 두루 살펴 빚은 말씀이야. 이게 '천안통天眼通'이라 하는 거려나?

몸이 바로 법당

스승은 수행에 두 가지 길이 있다고 하셨어. 하나는 저를 이루는 길이고, 다른 하나는 이웃을 보듬는 길이라고. 그래서 스스로 되돌아보는 겨를을 가져야 한다고 하셨지. 그렇지 못하면 흐름에 휩쓸려 제 뜻대로 살 수가 없다고. 초기 경전에선 몸을 덧없고, 아지랑이 같으며, 물거품 같다고 했는데, 그 까닭은 사람들이 몸에 너무 얽매여 제 모든 것이라 여겼기 때문이라 하셨어.

절집에서는 흔히 몸이 '땅과 불, 그리고 불과 바람 네 가지가 모여 빚은 고깃덩어리'라고 해서 몸을 함부로 굴리기도 해. 그러나 우리가 본디 붓다이니 이 몸은 붓다가 사는 법당이라고 여기면 어떨까?

사람은 저마다 붓다이기에, 제 몸이 붓다를 품은 법당이니 늘 맑게 지키고 가꾸어야지 소홀히 해서는 안 돼. 그래서 신구의身口意 삼업三業이란 말씀이 나왔지. 몸 살림 바탕에서 뜻을 세우고 뜻 살

럼에서 말씀이 비롯한다는 말씀이야.

매화는 석가모니 눈

달맞이꽃이 있듯이
봄맞이꽃이 있는데
한겨울에 피어 우리를 봄으로
이끌어 들어가는 꽃이 매화라고 하는데
바로 이 꽃을 가리켜 석가모니 눈이라 일러.

한겨울 매화를 보고 머잖아
온갖 꽃 소식이 있다는 것을 알 수 있듯이.
석가모니 부처님 깨달음이 있었기에
온 중생 가슴 가슴에 있는 붓다씨앗이
있음을 알아차려 사람 눈길 눈길마다
부처가 피어오를 수 있었지. 그래서 난
매화를 눈부처라고 불러. 내 맘대로.

스승도 한겨울 매화 같은 소식이 되어,

게걸스런 욕심과 모르면서도 알려고 들지 않는
번뇌를 녹일 수 있었어. 우리가 본디 지닌
슬기로움과 자비로움을 다시 길어 올려
피우는 일이 '맑고 향기롭게' 밑절미라네.

마음자리는 본디 맑음과 자비라는 두 날개로 맑은 그 마음을
'맑고'라 드러내고, 자비로운 마음을 '향기로움'이라는 덕목으로
빚어냈어. '마음 밑절미'로 돌아가 이 누림을 모든 이웃들에게 두
루 나누는 일이야.

스승 속가 조카로 불일암에서 스승을 모시고 살았던 현장 스님
은 "베풀어 되돌린다는 말씀을 원효대사는 '귀일심원歸一心源 요익
중생饒益衆生' 여덟 자로 드러냈는데, 스승은 여섯 자로 줄여 '맑고
향기롭게'로 빚어냈다."고 했어.

그래서일까? 내가 알기로 스승이 가장 좋아하는 꽃은 '매화'야.

참다움은 빛나지 않아

물이
논에 들어 벼를 살찌우고
산에 들어 나무를 살리지만
널 살림이 날 살림이라 여길 뿐
스스로 빛내려 들지 않듯이
참다움은 빛나지 않아

스승은
언제나 살아내는 사람과
함께 하려 하셨어. 장에서
냉이와 달래를 파는 할머니,
버섯을 파는 아주머니,
논매고 밭매느라 구슬 땀 흘리는 농부,
그리고 보금자리를 지어주는 목수,
살림살이 밑천인 연장을 다듬는 대장장이,

철모르게 뛰어노는 코흘리개 마음을
사려 다사로이 보듬으려 하셨지.

당신이 펼쳐놓은
'맑고 향기롭게' 살기도
커다랗고 떠들썩하게 떠벌여
드러내지도 않고 봄소식을
알리는 바람이나 한여름
땀을 식혀주는 한 줄기 바람처럼,
너나들이 고만고만한 힘 기울여
가만가만 사려가도록 하셨어.
가만가만 살살
피어오르는 보살피아드

못 알아듣는 말은 소음과 다름없어

1998년 2월 24일 서울 명동성당 제대 앞에는 가톨릭 사제가 아닌 승복을 입은 스승이 서 있는 진풍경이 벌어졌어.

스승의 명동성당 강연은 1997년 12월 14일 김수환 추기경이 길상사 개원법회에 오신 답례로 이루어졌어.

스승은 평화신문 요청을 받아들여 아기예수 탄생을 축하하는 성탄 메시지를 띄운데 이어 명동성당 요청을 받고 '경제위기 극복과 청빈한 삶'이란 주제로 강연을 하셨어.

이날, 스승은 강론에 앞서 명동성당에서 강론을 하게 된 인연에 감사하며 명동성당 축복 1백 주년을 맞는 올해 이 자리에서 강연을 하게 해주신 천주님 뜻에 거듭 고맙다고 말씀해 신자들로부터 힘찬 박수를 받았지.

스승은 "상대방이 알아듣지 못하는 말은 소음과 다름없다."고 하셨어.

누에가 거친 뽕잎을 먹고 비단실을 뽑아내듯이 스승께서는 대장경이라는 큰 숲에서 청정한 잎들을 모아 유려한 우리말과 감미로운 말씀으로 불교를 말씀해 주셨어. 그런 마음은 이웃 종교와 나눌 때도 마찬가지야. 상대방 종교 정서와 말씨로 이야기하고 글을 쓰는 남다름을 갖고 계셨어.

천주교 얘기를 쓴 스승 글을 본 어떤 천주교신자는 법정 스님은 승복만 입었지 마음속에는 천주님을 모시고 사는 분이라고 생각하기도 해.

실제로 스승은 봉은사 다래헌과 불일암에 사실 때, 책꽂이 한편에 성모상을 모시고 촛불 공양을 올리곤 하셨지. 편지로 많은 친교를 나누었던 해인 수녀님은 가르멜 수녀원에서 스승 강연을 떠올리면서 눈감고 들으면 그대로 가톨릭 수사님 말씀이었다고 이야기하셔.

상좌 하나에 지옥 한 칸

    불일암에서 스승이 손수 차려주는 밥상을 받아본 이들은 민망해 어쩔 줄 몰라 하면서 입 모아 여쭸어.

"스님, 불일암에는 왜 상좌가 없습니까? 허드렛일은 상좌 스님한테 시키셔야지요."

    그러면 스승은 "상좌 필요 없어. 아랫사람 하나 거두는 게 지옥 한 칸 끼고 사는 것이나 다름없거든. 그런데 왜 세상 사람들은 한사코 높은 자리에 올라가 많은 사람 거느리기를 좋아하는지 모르겠어." 그러셨어.

종이와 먹이 평생 안 떨어질 사람이네

　오래도록 스승을 가까이 모셨던 지묵 스님이 효봉 스님 추모재
날 계를 받고 나서 도반들과 불일암에 올라가 인사드렸어. 처음으
로 입는 무거운 가사장삼을 끌고 절하러 갔는데, 다른 사람한테는
별말씀을 안 하시더니 지묵 스님에게 스승이 물으셨어.

"법명이 뭐라고 했어?"
"지묵입니다."
"종이하고 먹이 평생 안 떨어질 사람이네."
"스님, 지필묵하고는 다릅니다."
"이 사람아, 두고 봐"
그러셨어.
그런데 지묵 스님 뒷날 돌이켜보니
참말, 종이하고 먹은 떨어지지 않더래.

오너가 모는 차는 앞자리가 상석

윤청광 선생은 20년 가까이 스승을 모시고 온 나라 곳곳을 다니며 법회를 열었는데, 어느 날 윤 선생 차로 스승을 모시고 춘천법회에 가게 되었대. 윤 선생이 그때 타던 차가 작아서 자리가 비좁아 뒷자리에 모시려고 뒷문을 열어드렸는데, 한사코 앞자리인 운전석 옆자리에 앉으시겠다고 했대.

"어이구 스님, 뒷자리에 편히 앉아서 가셔야지 춘천까지는 장거리입니다."
"허허, 무슨 말이오? 오너가 운전하는 차는 앞자리가 상석이라는 것쯤 나도 아는데, 나를 왜 굳이 상석에 안 앉히고 말석에 앉히려고 그러십니까? 나도 상석에 좀 앉아서 갑시다."

스님은 기어이 안전벨트를 매신 채 꼼짝도 하지 않으셨대. 그리고 또 다른 지방도시에 가셨을 때, 공항에서 스승을 모시려고 지방 불자들이 영접을 나와 있었는데 스승을 잘 모시려고 벤츠를 세

위놓고 스승을 벤츠로 안내했대. 그때 스승이 윤청광 선생을 부르셨어.

"우리 저 차 타지 말고 그 뒤에 있는 승합차 타고 갑시다."

천수천안관세음

　대만에서는 자원봉사자를 오백 사람씩 묶어 살아 있는 관세음보살이라고 부른대. 눈 천 개와 손 천개를 갖추었다는 말이지.

　그이들은 스스로 천수천안관세음보살로 나투어 현대를 사는 사람들이 겪는 힘겨움을 비롯한 모든 어려움에서 벗어나도록 이로운 일을 한대.

　몸에 탈이 없도록 하고 두려움에서 벗어나도록 해서 말 그대로 몸 살림을 하게 해주어 뜻 살림으로 이어갈 수 있도록 해서 사람들이 지닌 무지, 잘 모르거나 알려고 들지 않고, 무명, 스스로 빛날 수 있는데, 그걸 알지 못하는 이들에게 빛낼 수 있음을 일깨워주어 재난을 맞거나 현실에 부닥친 어려움에서 벗어나도록 하는 일을 하고 있대. 그러나 우리나라에서는 숫자 따위에 매이지 않고 누리 곳곳에서 크게 드러내지 않고 제 몫을 하는 이들이 적지 않아.

　스승이 빚어 두루 하는 '맑고 향기롭게'가 바로 그런 모둠이지.

심여화사 운수납자

1961년 프랑스로 유학을 떠나면서 연 고별전에서 스승을 뵌 방혜자 화백은 사람이 백 년을 산다고 해도 결코 짧지 않은 세월을 인연 맺은 분이셔. 스승은 운허 스님과 함께 《불교사전》 편찬 일로 서울에 와 계실 때였으니. 50년 전 방명록에는 '심여화사心如畵師 운수납자雲水衲子 법정 합장'이라고 적바림되어 있어.

200달러를 손에 쥐고 오른 유학길. 학비는 장학금으로 충당하고 집에서 보내오는 적은 돈으로 가까스로 살아냈어. 한 사람당 국민소득이 아프리카 가나와 똑같이 80달러 수준이었던, 가난한 나라 도움받기가 부끄럽고 양심에 걸렸던 선생.
유학한 지 세 해째 되는 1963년, 처음으로 그림 세 점이 처음 팔리자, 절반을 부모님께 부쳐드리고 자립하셔.

"가난은 마음을 비우게 만들어요. 마음이 가난하면 집착에서 벗어나게 되고, 스스로 선택한 가난은 욕망이란 속박에서 벗어나 자유로 나아가는 출발점입니다."

1982년 귀국한 방혜자 화백. 고국에 돌아와서 흙도 밟아보지 못하고 시멘트 바닥 위만 걷다가 돌아가게 되었다며 답답하다고 후배에게 털어놨어.

스승하고 인연이 닿았던 후배는 방혜자 화백이 불일암에서 묵을 수 있도록 다리를 놨어. 외국에 살면서 어렵고 힘들었던 점이나 크고 작은 고민거리를 털어놓고, 저녁이면 후박나무 아래서 쏟아져 내리는 별을 헤곤 하셨대.

누
리
샛·기

스승이 남긴 말씀 '바람'은 늘 내게 살아 있는 화두야. '그물에 걸리지 않는 바람처럼' 살다 가는 것이 절집

사람들 바람이지. 스승이 가장 많이 남긴 글과 말씀이 '진흙탕에도 소리에도 그물에도 얽매지 않는 거리낌

없는 삶'이야. 흙탕에 물들지 않는 연꽃처럼 소리에 놀라지 않는 사자처럼 그물에 걸리지 않는 바람처럼 거

침없이 살아야 한다는 말씀이었지.

달 같은 해

스승은 길상사 문화강좌에 왔던 맑고 향기롭게 회원 편지를 받아들고 흐뭇해하셨어. 한 주일에 두 번씩 석 달 동안 문화강좌에 오가면서 만난 사람들을 이름 모를 스승으로 받아들였다는 결고운 얘기야.

3월에 만난 스승은 시각장애를 가진 걸인이었어요.

복잡한 전철 안인데 멀리서 가냘픈 여인 노래 소리가 들려왔습니다.

"봄처녀 제 오시네. 새 풀옷을 입으셨네……."

웬 꾀꼬리 소리지? 카세트가 아닌 생음악 소리가 점점 커지며 다가온 그녀는 시각장애인이었습니다. 성가를 틀고 다니는 다른 장애인들과는 달리 애절한 그녀 목소리에는 신선함이 담겨 있었어요. 천 원짜리 한 장을 바구니에 넣어주며 이렇게 속삭였어요.

"아줌마! 내가 볼 수 있는 세상 봄기운보다 아줌마 목소리에 더 아름다운 봄기운이 담겨 있네요. 비록 볼 수는 없지만 개나리 진달래 만발한 동산에 지금 계신다고 생각하세요. 아줌마가 바로 봄 처녀일 거예요."

이 사연을 전해들은 스승은 봄기운에 쬐듯 따뜻해진다고 하셨어. 그러면서 우리는 눈을 가지고 뭘 보나? 우리 이웃이 나와는 상관없는 남이 아니라 또 다른 우리 자신이라는 사실을 알기는 하나?

어째서 그때 그 자리에서 나와 마주치게 되었을까?

중생은 부처를 제도하고 부처는 다시 중생을 제도한다는 말이 있어.

모든 부처와 보살은 오로지 중생이 있기 때문에 불도를 이루니, 중생이 없다면 부처와 보살은 할 일이 없어 끝내 불도를 이룰 수 없어.

마주치는 이웃으로 내 마음이 활짝 열려야 한다, 그때 마주친 그 이웃은 나를 일깨우려는 스승이요, 선지식으로 여기라고 말씀하셨어.

그러면서 한세상 살아가면서 이웃과 따뜻한 마음을 나누고, 제 삶을 안으로 살피면서 보다 깊은 삶을 한 켜 한 켜 쌓아 올리는 데 그 뜻이 있다고 하셨어. 또한 스승은 아무 때나 마주치는 것이 아니라 온 마음 기울여 참되게 만날 준비가 되어 있는 사람 앞에 나타난다고 하셨어.

　어느 해 진명 스님과 남도 나들이 길 스승은 뿌옇고 말간 해를 보시고는 "달 같은 해"라고 하셨대. 나는 스승이 '달 같은 해'로 다가와. 밝은 빛이지만 은근하시기에 뜨겁지 않아 누구나 다가설 수 있기에. 오래도록 비가 내리는 장마철에는 따뜻한 햇살이, 햇볕이 너무 그리워. 그러나 아무리 다사로운 햇살이라도 밤낮없이 비추기만 한다면 견디기 어려울 거야. 노르웨이 같은 북극에 가까운 북녘나라 가운데는 몇 달 동안 하얀 밤이 이어진다고 해. 백야白夜. 이처럼 아무리 한낮이라 해도 때를 가리지 않고 해가 빛나기만 한다면 숨이 막힐 것 같아. 구름과 함께 하는 해, 또는 안개와 어울려 노니는 해, 뉘엿뉘엿 넘어가는 해가 참 은근해. 내게 스승도 그러하셔. 은근하고 다사롭고 도타우셔서 누구나 다가설 수 있었을 거야.

'무소유'가 없으면 평정을 잃는 사람들

　김선우 시인은 중학교 때 지금은 출가해서 스님으로 사는 둘째 누이 서가에서 《무소유》를 만나 스승을 처음 느꼈대. 그 뒤로 스승을 떠올리지 못하다가 30대 중반이 지나면서부터 '이 사람은 참 괜찮은 사람이네.' 하는 생각이 드는 사람과 얘기를 하다 보면 늘 스승과 맞닿았다고 해.

　인도 실험도시 오로빌Auroville에 갔을 때도 한국인 오로빌리언들을 만났는데, 여행자는 책을 몇 권 지니지 못하는데 그 몇 권 되지 않는 책들 가운데 꼭 빠지지 않는 책이 스승 책이더래.

소욕지족은 신선 경지

찢어지게 가난한 선비가 살기가 너무 힘들어 저녁마다 향을 사르고 천지신명에게 열심히 기도를 올렸어. 비가 오나 눈이 오나 바람이 부나 한결같이. 그러기를 여러 달. 하늘에서 소리가 들렸어.

"옥황상제께서 그대 기도에 감동하셔서 내게 그대 소원을 들어오라 하셨으니 소원을 일러보라!"

느닷없는 소리에 어리둥절해하던 선비는 "소원이랄 것도 없고, 그저 몸이나 가리고 제때 밥걱정이나 하지 않고 한가롭게 산천을 두루 누비며 살았으면 좋겠습니다." 하고 말했어.

목소리 주인공은 옥황상제가 보낸 사신이었는데 그이는 "아니, 그것은 하늘나라 신선이나 누릴 수 있는 즐거움인데 어찌 그대가 누리기를 바라는가. 부자가 되기를 바란다면 얼마든지 해줄 수 있는 일이지만 그것은 참으로 들어주기 쉽지 않은 소원일세."라고 했대.

스승이 외환위기가 닥쳤을 때 적은 것으로 기꺼워하라는 뜻을 담아 해주셨던 말씀이야. 그것이 어째서 쉽지 않다고 했을까?

소욕지족, 적은 것으로 기꺼워하기는 제 마음 다스리기 달렸으니 부자로 살게 해주기가 더 쉽다는 말씀이야.

그물에 걸리지 않는 바람처럼

바람은 움직임으로써 살아 있다.
움직임이 없으면 바람일 수 없다.
움직이는 것이 어디 바람뿐이겠는가.
살아 있는 모든 것은 움직이고 흐른다.
강물이 흐르고 바다가 출렁임도 살아 있기 때문이다.
말없이 서 있는 나무들도 움직이면서
안으로 끊임없이 물기를 돌게 한다.

해가 뜨고 지는 거나 달이 찼다가
기우는 것도 해와 달이 살아 있어 그런 것
우주 숨 쉬기와 같은 이런 움직임과
흐름이 없다면 사람 또한 살아갈 수 없다.

멈추거나 고정된 것은 없다.
멈춤과 고정됨은 곧 죽음을 뜻한다.

살아 있으려면 흐름을 거스르지 말고 받아들여야 한다.
모든 것은 변화를 거치면서 살아 움직인다.
극에서 다른 극으로 움직이면서 바뀐다.
이런 움직임으로 새로운 삶을 이룰 수 있다.

스승이 남긴 말씀
'바람'은 늘 내게 살아 있는 화두야.
'그물에 걸리지 않는 바람처럼'
살다 가는 것이 절집 사람들 바람이지.

스승이 글이나 말씀으로
가장 많이 남긴 말씀이
진흙탕에도 소리에도 그물에도
얽매지 않는 거리낌 없는 삶이야.

흙탕에 물들지 않는 연꽃처럼
소리에 놀라지 않는 사자처럼
그물에 걸리지 않는 바람처럼
거침없이 살아야 한다는 말씀이었지.

가만히 살펴봐,

연꽃이든 사자든 바람이든

다 움직이는 거야. 그래서 나는

붓다는 이름씨라기보다 움직씨로 여겨.

모든 목숨붙이들은

들숨과 날숨을 되풀이하고

물은 낮게 또 높게 출렁이면서 흘러.

그 들어가고 나가고 높게 또는

낮게 출렁거림이 살아 있음이야.

죽음에는 출렁거림이나 드나듦이 없어.

김 삿갓은 부고장을 이렇게 써.

"유유화화柳柳花花"라고

버들 유자 둘에 꽃 화자 둘,

버들버들하던 몸이 꼿꼿해졌으니

죽었다는 말이야. 우리는 누구나

안정된 것을 좋아하고 불안정하든지

불확실한 것을 싫어해. 그렇지?

확실한 게 좋잖아? 그런데

꼿꼿하고 딱딱한 것은 안정되어 있고

버들버들한 것은 모두 불안정해.

그러나 죽은 나무를 봐봐. 흔들리지 않아.

불안정한 것은 움직임이 있어. 뭐든지.

불확실한 것은 가능성이 큰 쪽이야, 알겠어?

드라마를 보면 죽어가는 사람

심장박동수가 불규칙하다가

일정한 간격을 두고 규칙을 가지고

뛰게 되면 위험한 거야. 그러다가 선이

옆으로 쭈욱 안정되게 이어지면 죽음.

불안정 속에 삶이, 놀이가 뛰어놀아.

대중공양이 제불공양

스승 지갑에는 자동차 운전면허증과 도로공사에서 발행한 고속도로 카드와 종이쪽에 적힌 몇 군데 전화번호, 종이 돈 몇 푼 그리고 올해 행동지침으로 적어놓은 초록빛 스티커가 붙어 있다고 하셨어.

2007년인가? 그해 당신 행동지침은 1. 과속문화에서 벗어나기 2. 아낌없이 나누기 3. 보다 따뜻하고 친절하기였는데 한 해를 반쯤 지나고 보니 한 가지를 더 넣기로 하셨대. 4. 놓아두고 가기.

과속문화에서 벗어나기는 스승이 운전하기를 즐기셔서 운전대를 잡으면 당신도 모르게 가속페달을 밟곤 하셨는데, 그렇지 않겠다고 다지신 거지.

아낌없이 나누기는 당신이 몸이 아프실 때 병원비를 절에서 빌려 가실 수밖에 없을 만큼 인세를 다 장학금으로 나누셨으니 더할나위 없이 잘 지키셨어.

이때쯤인가 스승은 '세상에서 가장 거룩한 종교가 친절'이라고 하실 만큼 날카로운 당신 성미를 부드럽게 펴셨지.

아무튼 스승은 길상사를 드나들면서 말로는 무소유를 떠벌이면서 얻어가는 것이 너무 많아 부끄럽고 아주 부담스러우셨대. 늙은 중이 욕심 사납게 주는 대로 꾸역꾸역 가지고 가는 꼴을 이만치서 바라보고 있으면 한심스럽기 짝이 없다고 하셨어.

'아낌없이 나누기' 행동지침이 요즘에 와서는 조금씩 그 빛이 바래져가는 것 같다, 법석에 모인 여러 불자들께서 보다 간소하고 단순하게 살려는 내 중노릇을 도와 달라, 오늘부터 내 차에는 아무것도 싣지 않겠다고 다짐했다고 말씀하셨어.

스승은 공덕으로 따진다면, 어떤 한 사람에게 하는 보시나 공양보다는 여러 대중에게 하는 것이 훨씬 크다고 하셨지.

대중공양이 곧 제불공양, 여러 부처님께 올리는 공양이나 다름이 없다고. 그리고 나는 대중 한 사람으로 한 몫을 받으면 된다, 올 여름 일이 있어 길상사에 나갈 때는 내가 손수 가꾼 상추를 뜯어 간다, 혼자서는 자라 오르는 채소를 감당할 수도 없거니와 대중과 함께 공양하기 위해서라고 하시며 여럿이서 함께 먹고 있으면 혼자서 먹을 때보다 훨씬 맛이 있고 즐겁다고 하셨어.

나는 여기서 대중공양이 제불공양이나 다름없다는 말씀에 멈칫
했어. 사람이 부처님이라는 말씀이야.

부처님, 법, 승가 삼보에 절을 하는 것이니 마땅히 스님들에게는
한 번만 절을 하면 된다고 하셨던 어른이 법회 때 절 받기를 마다
하시고 여덟 해 남짓 대중과 꼭 같이 맞절하셨어. 그뿐 아니라 늘
드리는 말씀이지만 스승은 부처님 오신 날에는 언제나 오늘은 부
처님 오신 날이 아니라 '부처님 오시는 날'입니다 하고 또박또박
말씀하셨어.

우리가 그대로 부처니까 부처로, 부처답게 살아야 한다는 말씀
이지.

단순하게 살아라

단순하게 살아라. 적은 것이 기꺼워하며 더할 나위 없이
소박하고 단순하게 살아라.

스승을 모시면서 받은 말씀을 간추린 말씀이야.

스승은 불일암에 사실 때 부엌에 '먹이는 간단명료하게'라는 글
을 붙여놓고 반찬은 세 가지가 넘지 않도록 하셨어. 늘 손수 음식
마련하고 안팎을 말끔하게 하셨어. 워낙 깔끔한 성품이시라 그렇
게 정갈하니 누구든지 불일암을 한번 돌아보기만 해도 맑아지는
것을 느꼈어.

강원도 수류산방에서도 마찬가지가 아니셨을까? 먹이 하나 먹
는 것조차도 스승을 따라갈 수 는 없지만 나도 몇 해를 특별히 나
들이를 해서 누구와 어울려야 할 때가 아니면 하루 한 끼를 되도
록 반찬은 세 가지 안팎으로 상차림을 해.

음식진언

워낙 손으로 뭘 만드는 것은 젬병이어서 뭘 할 줄 모르고 살았어. 그런데 평생을 남이 해준 밥만 먹기 민망해서 늘그막에 밥 차리는 것을 돕기도 하고 때로는 밥을 차리기도 해. 라면을 끓이는 것부터 시작해서 국수를 삶는다든지 수제비를 빚어 끓이는 따위로 간단한 음식을 하고 있지.

그런데 오늘 아침 일어나자마자 어디선가 소리가 들려. "지광, 음식을 맛나게 하는 진언이 뭔지 아나?" 나를 지광이라고 부를 사람은 길상사 식구들밖에는 없는데 싶어 고개를 둘러봐도 아무도 없더라고 바깥에는 안개가 자욱하게 끼었고. 내가 꿈을 꾸고 있나 싶어 손등을 꼬집어보니 아프더군. 아무튼 내 느낌 속에서 올라왔나 보다 싶어 음식진언이 뭘까? 하고 생각하는데 깔깔 웃는 소리가 들리는 거야 혼자 픽 웃었어. 아직도 꿈결이구나 싶어서. 그때 "옴, 맛나 맛나 사바하야!" 하는 소리가 들렸어. 마치 우물에 대고 말을 할 때 웅웅 울리듯이.

그제야 아, 이 소리 지묵 스님한테 들었던 소리란 걸 알았지. 불일암 부엌에서 지묵 스님이 수제비를 빚고 있는데 갑자기 스승이 부엌으로 들어오면서 "묵 수좌 음식을 맛나게 하는 진언을 아나?" 하고 물으시더래. "아뇨. 첨 듣는 소리인데요. 그런 진언도 있었어요?" "그럼, 뭐냐 하면 '옴 맛나 맛나 사바하'래" 그 바람에 배꼽을 잡고 대굴대굴 굴렀다던 말씀이 떠올랐어. 그런데 목소리가 지묵 스님이 아니라 스승 말투로 들려왔어. 신기하지? 떠오른 김에 오늘은 날도 흐렸으니 수제비나 끓여 먹어야 하겠네.

"옴, 맛나 맛나 사바하!"

절판한 까닭?

속가에서도 스승 조카이고 출세간에서도 조카인 대원사 회주 현장 스님이 맑고 향기롭게 이사장일 때 어떤 언론인이 물었어.

"스님, 법정 스님이 책을 절판하신 까닭이 진짜 뭡니까?"
"아, 그거요. 우리 사회가 너무 '교회판'으로 돌아가니까 '절판'을 만들려고 그러셨어요."

스승 못지않은 재담이야. 내력인가?

다섯 번째 바보와 첫 번째 바보

아나운서를 거쳐 국회의원을 지닌 이계진 선생이 스승을 처음 뵌 건 20여 년 전 여름, 온 식구가 송광사 수련회에 동참했을 때였대. 그 뒤에 경복궁 앞 법련사에서 스승을 다시 뵈었을 때 스승은 "샘터에 쓴 글을 봤는데 글이 참 맑더군요." 하고 인사를 건네셨어. 그리고 1992년 불일암에서 관봉 선생과 곁님은 스승에게 계를 받았대. 향적香積과 삼매화三昧華.

그때 스승은 부부에게 점심공양을 손수 준비해주셨어. 국수를 삶아 우물가로 가서 찬물에 헹군 맨 국수를 한 사리씩 감아 맛을 보라고 건네주셨는데

"스님은 하늘을 쳐다보며 하얀 국수 한 사리를 간질간질 목으로 넘기셨고, 우리도 스님을 따라 하늘을 쳐다보며 하얀 국수 한 사리씩을 간질간질 목으로 넘겼다."

이계진 선생 수필집《남자도 가끔은 옛사랑이 그립다》에 나오는

말씀이야. 스승과 인연이야기를 부탁하려고 화계산(지도에 없는 선생이 지은 산 이름) 자락에 있는 선생 댁을 찾았을 때, 집 바깥에 있는 원시인 화덕에서 이계진 선생이 손수 끓여준 법정 국수를 얻어먹었어.

돌아오는 길 '다섯 번째 바보'란 별호를 하나 얻었네.

사람들이 화계산 자락 관봉 선생 댁에 들어서면 꼭 같이 묻는 말이 있대. "와! 몇 평이나 돼요?" 또는 땅값이 얼마냐고 묻는데 그걸 묻지 않은 사람이 스승서부터 조르륵 네 사람이 있었는데, 거기 보태서 아무 생각이 없는 내가 묻지 않아서 다섯 번째 바보란 별명을 하나 얻었지.

누리 머금은 절편 한 조각

1999년 11월 길상사 터를
선뜻 내놓은 길상화 할머니가 돌아가셨어.
화장장까지 따라 나선 스승.
점심공양 때가 되었는데 어디 계신지 몰라
한참을 찾다가 타고 온 버스를 살피니
스승은 절편 한 조각을 펴놓고
차 한 잔을 드시고 계셨어.

번거로움을 끼치지 않으려는 마음새.

차 한 모금
절편 한 조각
온 누리가 담겼네.

기품 백련

백련이 지닌 깊은 기품을 남달리 좋아하셨던 스승은 강진군 성전면 조그만 금당연못에 핀 눈부시도록 새하얀 백련을 무척 아끼셨어. 스스로 선무당이라고 부르는 임의진 목사는 금당연못이 스승과 깊은 인연을 맺게 한 연못이라 각별하다네.

"금당연못이 우리나라 백련 원류예요. 제게는 법정 스님과 깊은 인연을 맺게 해준 연못입니다."

처음 백련 맞이 자리에 임의진 목사에게 스승이 인사를 건넸어.

"임 목사, 잘 지냈어요?"

"스님 덕분에 늘 좋은 글 잘 읽고 있습니다."

"무슨 덕분. 늙은이는 기도발이 약해."

"저는 기도는 않고 바흐는 열심히 듣고 있습니다. 스님 책에 보니까 바흐를 좋아하시더라고요."

"특히 무반주 첼로. 모두 무반주 첼로예요. 저 바람소리도 그렇고 찻물 내리는 소리도 그렇지요. 단순 소박하고, 검박하고 맑아요."

도심 절 살림 어찌해야 하나?

스승은 길상사가 생기기 전에 친분이 없던 덕성여자대학교 총장을 지내신 교육학자이자 길상사 자문위원 김종서 선생님에게 '도시에서 절'이란 이름으로 강연을 해달라고 하셨어. 김종서 선생님은 동아일보사 충정로 사옥 강당에서 오륙십 명이 모인 자리에서 강연을 하셨지. 길상사를 여시기에 앞서 '도심 절 살림이 어찌해야 하는지?' 깊이 생각하셨던 스승 고뇌를 엿볼 수 있어.

"내가 늘 하는 주장이 있어요. '모든 절이 불자든 아니든 시민들이 누구나 자유롭게 들어와 쉴 수 있는 공원이 되어야 하고, 어린이 놀이터를 만들어야 한다.' 그래야만 젊은 보살들이 애들 데리고 올 수 있어요. 지금 절에 오는 신도들도 대개 어렸을 때 할머니나 어머니 손 붙들고 절에 오간 추억이 있을 겁니다. 아무리 이야기해도 그 중요성을 깨닫는 절이 없어요. 절이 공원이 되어야 누구나 부담 없이 드나들고, 놀이터가 있어야 어린이들이 부모한테 절에 가자고 조르게 되지요."

몇 해 전까지 길상사 불교기초교리강좌에서 '가정에서 자녀교육'이란 제목으로 자연주의를 중심으로 강의를 하던 김종서 선생님은《금강경오가해》에서 야부 스님이 읊은 노래. '산은 산이요 물은 물이다'는 가르침을 그대로 받아들이면, '어린이는 어린이요, 어른은 어른이다'로 풀이할 수 있다고 말씀하셔. 그러면서 어린이를 어린이답게 키우지 않고 어른처럼 만들려는 어른들 잘못을 짚으셨지.

용담

스승은 불일암에 사실 때나 강원도 오두막을 사시면서 오가며
만나는 푸나무나 동물들에게 늘 말씀을 건네셨어.

그런 분이시니 풀에는 풀격, 나무에는 나무격이, 꽃에는 꽃격이
있다고 여기셨지. 향기를 맡으려고 꽃에 코를 들이밀어서는 안 된
다며 이네들이 곁을 내어 줄 때만 느껴야 한다는 말씀했어.

가을꽃 용담은 벙근 모습을 잘 드러내지 않아.
어느 해 가을, 스승은 용담에게 말을 건네셨지.
"아직 네 방을 보지 못했는데 문 좀 열어주런?"

이튿날 은밀한 제 안살림을 열어 희고 가녀린 꽃술을 곱다라니
내보였대.

우리나라 산과 들에서 흔히 볼 수 있는 꽃 용담 꽃말은 '당신이
슬플 때 나는 사랑한다'라네.

이 꽃말은 꽃 모양에서 왔다고 알려져 있어. 쌍떡잎식물 용담은 자주빛깔 꽃을 피는데 꽃이 많이 달리면 옆으로 처진대. 꽃이 처지면서 바람에 쓰러지기도 하는데 용담은 쓰러진 잎과 잎 사이에서 꽃을 많이 피우기 때문에 이런 꽃말을 얻었대.

그저 책 한 권이 아니라 새 삶을 빚어주다

길상사 초창기에 참으로 많은 이들이 너나들이 절을 일구는데 한몫을 했어. 그 가운데 늘 한결같음을 잃지 않은 사람들이 적지 않았는데, 그 이들 가운데 한 분이 덕운 거사야. 덕운 거사는 스승 가르침 가운데 가장 가슴 깊이 박힌 가르침이 '지금 이 자리! 여기서 최선을 다하라.'는 말씀과 계를 받을 때 세 살배기 어린애도 다 아는 이야기지만 여든 먹은 늙은이도 실천하기 어려운 것이 착하게 사는 일이라며 '착하게 살라'던 말씀이 늘 귓전을 때린다네.

"맑고 향기롭게는 '마음 · 세상 · 자연'을 맑고 향기롭게 하는 운동이잖아요. 제가 그때 초등학교 재경 총무였는데, 모임소식을 엽서로 보낼 때 제목을 '맑고 향기롭게'라고 했어요. 그리고 어른 스님 책에 나오는 향기로운 말씀 한마디를 먼저 적고 나서 모임소식을 알렸어요. 그 글을 아이들이 보고 좋아한다면서 좋은 글귀를 써줘서 참 좋다고, 친구들에게 고맙다는 말을 많이 들었어요. 어른 스님 말씀에 젖어 살았습니다."

덕운 거사가 남편을 잃고 미장원을 하면서 두 아들을 키우며 홀로 사는 초등학교 여자 동창에게 스승 말씀 가운데서 뽑아내어 엮은 책《산에는 꽃이 피네》를 선물했어.

2006년쯤 그리고 몇 해가 지난 뒤에 다시 만났대. 그런데 이 다시 만난 동창은 책을 달달 외우더래. 그러면서 돈으로 따질 수 없을 만큼 큰 덕을 입었다며 그저 책 한 권을 내게 준 게 아니라 새로운 삶을 빚어준 것이라면서 크게 기뻐했대.

"책을 읽고 스님 말씀 따라 살고 있다면서 자랑을 했어요. 늘 깔끔하게 뒷정리를 하고 나들이를 나간다든지, 소중하게 여기는 물건이 하나 더 생기면 얼른 다른 이에게 주어, 살뜰함을 잃지 않는다고 말했어요."

스승 책을 읽는 사람은 많았어. 그런데 얼마나 되는 이들이 그대로 가지런하고 고스란히 살아낼까? 우리는 머릿속에 담아두는 것을 '앎'이라고 오해하지만 그건 아니야. 알음알이가 삶으로 녹아나올 때 비로소 안다고 말할 수 있지.

이슬 좀 쓸고 가세요

　스승이 불일암을 짓고 내려가시고 난 이듬해 여름, 대도행 보살
은 방학을 맞은 따님 은영이를 데리고 불일암을 찾았어.

　"봄에 내려갔는데 뭣이 궁금해가지고 또 내려갔더니 '보살님 풀
할 줄 알아요?' 물으세요. '알죠.' 그랬더니 삼베옷 시커먼 걸 하나
내 놓으면서 풀 좀 하래. 난 부모들이 삼베옷을 늘 입어서 풀을 아
주 잘하거든요. 풀을 해서 싹 다려놓으니까 이리저리 돌려보면서
요렇게 해 놓으면 다른 것보다 세 번은 더 입는다며 그렇게 좋아
하셔……."

　돌아오는 길 첫차를 타려면 아침을 일찍 먹고 빨리 와야 해서
대도행 보살 모녀가 서둘러 불일암을 내려오는데, 다른 때 같으면
스승이 배웅을 하러 주차장까지 내려가실 때 '횡' 하고 앞서 내려
가시는데, 그날은 중간쯤 가다가 딱 멈춰 서시더니 대도행 보살에
게 앞서 가라고 하셨대.

　대도행 보살이 "왜요?" 되물으니 앞에 가면서 이슬 다 씻고 가라
고 하셨다는 거야. "나는 풀 먹인 삼베옷을 버리면 또 풀을 해야
하는데, 보살님은 집에 가서 씻으면 되니까 이슬을 쓸고 가세요."
라고.

　하하.

바삐 다니면 극락을 지나쳐버려

대도행 보살, 스승한테 좋은 얘기 듣고 또 듣다 보니까 말뚝 신심이 일어났대. 그래서 날이 새기가 무섭게 이 절 저 절로 기도를 하러 다녔어. 그리고 부처님 오신 날을 앞두고도 더 부지런히 다녔지.

"자랑이랍시고 스님에게 등을 다느라 나라 곳곳을 쏘아 다니다가 마지막에 송광사엘 왔다고 말씀드렸어요. 그랬더니 마음에 등을 달아야지 그게 무슨 소용이냐고 호통치셨어요."

스승은 제발 절에 와서 불상한테 엎드려 빌기만 하지 말고, 공부하는 은영이 잘 돌보고 처사님 공양 잘하라고 대도행 보살을 다그치고 틈만 나면 어르셨어.

결혼하고 만 11년 만에 낳은 귀하디귀한 무남독녀 외동딸을 혼자 크게 하고 날마다 절을 찾아다니기에 스승이 걱정스러워 하신 말씀이지.

말씀을 들을 때는 "네." 곱게 받아들이고는 또 잊어버리고 기도
하는데 맛이 들어 여기저기 자꾸 좋아 다니니까 오죽하면 스승이
보살님처럼 그렇게 바삐 다니면 극락을 지나쳐버린다면서, 적당하
게 다니다가 극락이 보이면 안으로 싹 들어가야지, 지나쳐 버리면
헛것이 아니냐고.

그러니 제발이지 기도하러 그만 다니라고. 보살이 먼저 성불해
서 가부좌 탁 틀고 앉아 있으면 그 앞에서 절을 해야 하는 내가
얼마나 죽을 맛이겠느냐, 그러니 제발 날 위해서라도 그만 좀 하
라고 그러셨대.

"아이고. 날 주저앉히느라 스님이 고생 많이 했어요."

중 감투 전생에 다 써봤어

불교 종단이 어려웠을 때 뜻있는 스님들이 스승을 찾아와서 종책을 맡아 바로 세워 주십사 간절히 말씀드린 적이 있었어.

그때마다 스승은 "중 감투? 전생에 다 써봤는데 쓸 만한 게 못 되더라고. 못 써보신 분들이나 쓰시라고 그러시오."

평생토록 주지 한 번도 하지 않은 어른이셨어.

차 일곱 잔을 마시니

차 한 잔 마시니 목과 입이 촉촉하고

두 잔을 마시니 외로움이 사라지며

석 잔에 가슴이 열리고

넉 잔은 가벼이 땀이나 기분이 상쾌하여

다섯 잔에 정신이 맑아지고

여섯 잔은 신선과 이어지고

일곱 잔에 겨드랑이에서 맑은 바람이 이는구나.

더울 때는 더위가 되고

더울 때는 더위가 되고
추울 때는 추위가 돼라.

절집에서 오래전부터 내려오던
말씀으로 스승도 늘 입에 달고 사셨어.
이리저리 가대지 말고 주어진 대로 기꺼이
받아들여 살아야 한갓지다는.

어떤 일이든지 까닭을 톺아보면
그만한 까닭이 헤아려 짚인다는
말씀이야. 더위나 추위를 겪어야
하는 까닭이 또렷하다는.

그래서 어떤 일에도 툴툴대지 말고
더우면 더운 대로 추우면 추운 대로

밝으면 밝은 대로 어두우면 어두운 대로

기꺼이 받아들여 누려야 한다는 말씀이지.

낡은 다후다 이불

봉은사 다래헌을 떠나려고 뒷정리하던 스승은 대도행 보살에게 조계산 자락에 불일암을 짓고 내려간다고 하면서 색이 바래서 내버려도 아무도 주워가지 않을 만큼 낡은, 애들 포대기만한 다후다 이불 하나를 내놓으셨대. 산에 가면 추울 테니까. 보태지도 말고 떼먹지도 말고, 다시 솜을 타서 도로 그대로 만들어다 달라고.

"얼른 받아다가 씻거 가지고 솜 틀어서 이불을 맨들어다 드렸어요. 스님이 대충 챙겨가지고 내려가시면서 9월인가? 상량식을 할 때 내려오라고 그러더라고요."

그때는 교통편이 나빠 송광사 다니기가 많이 힘들었어. 대도행 보살 불일암 상량식을 한다기에 물어 물어가 찾아갔더니 집만 하나 덩그러니 지어났지, 전기도 없고 아무것도 없었어. 전화가 귀할 때여서 편지로 사연을 주고받았는데, 겨울이 닥치니까 산중이라서 손바닥만한 덮개로는 추워서 안 되겠으니, 이불하고 요를 만들어 부쳐달라는 스승 편지를 받았어.

"가로, 세로 얼마. 딱 이렇게 적어가지고, 절대로 사치하면 안 되고, 회색으로 해서 부쳐달라고. 동대문시장에 가서 회색 무명을 끊어다가 요하고 이불을 해서 내려갔어요."

그 뒤에 편지가 또 왔어. 전기는 어떻게 해서 넣었는데 전기세를 한 달에 만 원씩만 부쳐달라고 하시더니 한 번 딱 붙이고 나니까 이럭저럭 괜찮으니까 앞으로 부치지 말라고 하셨어.

포교 선봉장

사람들은 스승이 당신 글만 많이 쓰신 줄 알아. 그렇지만 현장 스님은 금세기 불교관련 문헌 가운데 스님 손을 거치지 않은 문헌이 거의 없다고 돌아보셔.

먼저 운허 스님을 도와 《불교사전》을 만드셨어. 《불교사전》을 펴내면서 불교 개념정리가 확실해졌지.

동국역경원에서 역경 일을 하실 때 팔만대장경에서 알짬만 가려 뽑아 《불교성전》을 책임편찬하고, 서문을 스승이 쓰셨어. 사람들이 이 일을 스승이 했다는 걸 잘 몰라.

성철 스님 법어집《선문정로》라든가《본지풍광》을 모두 윤문하고 교정을 해드렸어. 광덕 스님 같은 분도《법보단경》을 낼 때 스승께 봐달라고 당신 상좌 지오 스님을 보내셨대. 구산 스님은 문집이나 책을 펴낼 때마다 아예 스승에게 교정 봐 달라 그러셨고. 그다음에 현장 스님이 불일암에 살 때 종립학교 교본들을 권기정 교수가 직접 원고를 가지고 불일암을 찾아왔더래. 그래서 모두 스승이 윤문을 해주었다는군.

이처럼 당신 저술뿐 아니라, 웬만한 불교 문헌들이 스승 손길을 거쳐서 세상에 빛을 보게 됐대.

눈물 머금은 신선 수선화

스승이 수선화도 무척 좋아하신다는 걸 잘 아는 피상순 선생은 학생 때, 친구 따라 제주도에 갔대.

그런데 바닷가에 수선화 한 무더기가 피어는 걸 보고는 스승 생각이 나서 그냥 손으로 쑥 훑으니까 뿌리째 뽑히더래.

그래서 '스님한테 갖다 드려야지.' 마음먹고는 제주도에서 비행기를 타고 광주공항에서 내려서 택시를 타고 불일암까지 한달음에 내달았대. 그때 스승은 학생이 택시 타고 왔다고 걱정하셨대.

"스님은 도를 좀 벗어나면 걱정해주세요. 아버지처럼. 그 꽃이 금잔옥대 수선화예요. 하얀 꽃 안에 노란 '금잔'이 놓여 있는 꽃인데 향긋하기 그지없어요. 스님은 그 씨를 받아 이듬해 수선화를 많이 심으셨어요."

스승은 그 얼거리도 풀어쓰셨어.

수선은 의대생인 상순이가

제주도에 갔다가 친구 집에서 얻어온 것이다.

가져올 때 꽃망울이 맺힌 걸 화분에 옮겨 심고

날마다 한 차례씩 물을 주었다. 이름이

물을 좋아하는 수선이니까. 꽃은 50일도

넘게 짙은 향기를 내뿜으면서 마냥 피어 있었다.

……눈 속에서 피는 꽃이라서 그런지 노래 가사처럼

'붙일 곳 없는 정열을 가슴 깊이 감추고 찬바람에

쓸쓸히 웃는 적막한 얼굴이었다.

  강원도 사시던 스승은 어느 해 가을 추사 유배지 제주 나들이길
세한도가 있는 대정향교 돌담 아래서 수선뿌리 몇 개를 주우셨대.
이듬해 봄 불일암에 갔다 심으려고 챙기셨는데 그만 깜박 잊고 꼴
딱 한 해를 넘기고 났는데 수선이 빼꼼이 싹을 내밀었다지 뭐야.
  그때 스승은 물을 좋아하는 수선에게 물 한 모금 주지 않은 것
을 미안해하면서 '한 해 가까이 캄캄한 화분에서 물 한 모금 없이
견뎌낼 수 있는 힘이 대체 뭘까?' 목숨이 품은 신비, 그래도 '불성'
이다 싶으셨대.

추사가 끔찍이 아꼈다는 제주도 금잔옥대 수선화 그리고 수선화와 살며 남긴 세한도. 스승은 마지막 길 떠나기에 앞서 서귀포를 찾았어. 기상이 남다를 때는 거친 산과 어울렸던 스승은 가슴 앓이며 눈앓이며 대상포진까지 겹쳐 힘을 잃은 이때는 따뜻하고 부드러운 제주 바람이 보듬어 드렸어.

눈물이 많은 수선화가 스승 가슴에 맺힌 멍울을 조금이나마 풀어드리지 않았을까?

장미

저리 고운 장미에
어떻게 저런 가시가 달렸느냐며
툴툴대기보다
보기 싫은 가시에서 어쩌면
저리도 고운 장미가 피어났을까?
돌려 생각해보라.

스승이 봉은사에 사실 때 배를 타려고 열심히 뛰어왔는데 배를
놓치고 만 아쉬움에 마구 성낸다면 배도 못 타고 화도 나니 두 가
지 손해를 보는데, 뒤집어서 내가 좀 일찍 왔구나 생각하면 남보
다 자리도 좋은데 잡을 수 있고 화낼 일도 없어진다고 했던 말씀
은 거꾸로 보기, 인지행동치료라고 말씀하시는 우리정신과의원장
피상순 박사.

밤무대까지 뛰게 하다니

윤청광 선생께 들은 얘긴데 1994년 겨울. 처음으로 중앙일보사 '호암아트홀'을 빌려 '맑고 향기로운 음악회'를 열게 되었대.

음악회 시작에 앞서 '맑고 향기롭게 장학생'들에게 장학증서를 주게 되어 있어 부득이 스승께 무대에 올라가 직접 장학증서를 주십사 하고 말씀을 드렸더니, 윤청광 선생을 부르시더니 한 말씀하셨대.

"이거 너무한 거 아니오?"

"예? 무슨 말씀이신지요, 스님?"

"늙은 중에게 밤무대까지 뛰게 하니 말입니다."

"예에? 밤무대요? 아이고, 죄송합니다. 앞으로는 절대로 밤무대에는 모시지 않도록 하겠습니다. 이번만 용서하십시오."

하하하, 깔깔깔.

봉순이

벽에 그림을 걸어놓으니 오두막 분위기가 확 달라져요.

아이 표정이 참 좋습니다. 목에 두른 보랏빛 스카프도 잘 어울려요. 봉순順이라고 이름을 지었습니다. ……눈길이 갈 때마다 말없는 그 표정이 마음에 듭니다. ……두런두런 이야기를 건넬 수 있는 내 말벗이 되어줄 것입니다.

봄이 와서 山에 꽃이 피어나면 진달래라도 한 아름 꺾어다 우리 봉순이에게 안겨 주어야겠다는 생각입니다. 곁에 봉순이가 있어 내 속 뜰이 한결 풍성해질 것입니다. ……

2003. 2. 17. 法頂 합장.

2002년 박항률 화백 개인전시회에 오신 스승, 까까머리 소년이 그려진 그림 앞에 앉아 계셨는데 그림 속 까까머리 소년과 너무 닮아, 깜짝 놀란 박항률 화백 전시회를 마친 뒤 스승을 쏙 빼어 닮은 그 그림을 스승에게 드렸대.

이때 스승은 "우린 매일 머리 깎고 다니는데 또 까까머리냐? 난

소녀가 좋더라."며 손사래를 치셨어. 그래서 박 화백이 부랴부랴
새로 그려드린 게 봉순이라네.

스승이 아껴뒀던 절

스승은 해남 나들잇길에 꼭 고즈넉이 미황사를 다녀가셨어. 미
황사는 스승이 안거를 마치고 남도 순례를 하실 때마다 거르지 않
고 찾은 곳이었어.

부처님께 인사 올린 스승이 가장 먼저 들르시는 곳은 부도전. 대
웅전 오른쪽 요사채를 지나 부도전 가는 길.

길섶에 빼곡히 피어 반기는 작달막하고 파란 달개비꽃 위로 동
백나무 숲이 빽빽해. 동백 하면 흔히 선운사를 떠올리지만 이른 봄
미황사에 와 본 사람은 두 번 다시 선운사 동백을 떠올리지 않아.

여러 해 전 스승이 말갛고 끝이 파란 백련이 곱게 핀 강진 금당리 연못에 들렀다가 미황사에 오셨을 때 금강 스님이 물었어.

"스님은 미황사를 좋아하시면서 왜 미황사 얘기는 안 쓰세요?"

어찌 보면 당돌한 물음에 스승은 "미황사는 내가 아껴둔 절인걸." 하셨대.

이제 한 해 10만이 넘는 사람들이 찾아드는 미황사는 스승 뜻대로 더는 숨겨진 절이 아니야.

어
울
리
넷·기

정진하는 분들, 특히 참선하는 분들, 염불하는 분들, 기도하는 분들도 낱낱이 살펴보십시오. 지금 내가 간

절하게 하는 일이 보리심을 빛내는 일인가 아닌가. 내 정진이 나와 내 이웃에게 어떤 영향을 끼치고 있는

가. 좋은 영향을 끼친다면 바른 정진이지만, 저 혼자 좋아서 하고 거기에서 그친다면 그것은 올바른 정진이

아닙니다.

내 이웃이 본래 부처이며 천주님

내 이웃이 바로 부처이며 예수님이며 천주님입니다. 이 모두 한 뿌리에서 갈라져 나온 여러 가지들이지요. 불교를 배우는 일은 저 자신을 배우는 일이며, 저를 배우는 일은 저를 텅 비우는 일이에요. 그래야 모든 사물과 하나가 될 수 있어요. 개체인 내가 전체로 퍼져나가는 일입니다. 깨달음이 이웃에 닿지 못하면 그 깨달음은 중생을 잃은 깨달음이에요. 진정한 깨달음은 지혜 완성이자 자비 실천으로 이어져야 해요.

이웃에 닿지 못하는 깨달음 중생을 보듬지 않는다니 그런 깨달음이 무슨 소용이 있느냐며 넌지시 짚는 스승은 참다운 깨달음이란 이리저리 가 닿으려 할 것 없이 이 자리에서 가슴이 시키는 대로 바로 살면 그대로 예수님이고 천주님이며 부처님이란 드잡이야.

이것이 바로 오롯이 맑고 향기롭게 사는 길이라 하셨어.

맑고 향기롭게 운동은 새삼스레 어디를 가거나 애써 새로운 무엇을 만들어 함께 하려고 하지 않아도 된다, 누구라도 제 삶터에서 이웃을 예수님으로 천주님으로 부처님으로 모시는 것이 바로 맑고 향기롭게 사는 일이라 하셨어. 그저 말갛게 부처님으로 살기 어렵지 않다고 고타마 부처님이 말씀하셔.

어떤 이가 고타마 부처님을 찾아와 하소연해.

"저는 하는 일마다 제대로 되는 일이 없어요. 이 무슨 까닭입니까?"

말이 끝나기 무섭게 부처님은 "그대가 베풀지 않았기 때문"이라 하셔. 그이는 "저는 아무것도 없는 빈털터리입니다. 남에게 줄 것이 있어야 주지 않겠습니까?"

그러자 부처님은 돈 없이도 기꺼이 나눌 수 있는 일곱 가지 좋은 일이 있다고 말씀하셔.

먼저 얼굴을 활짝 펴고 낯빛을 밝게 해
부드럽고 다사롭게 살림

둘째 다사롭고 부드러운 말씨로 칭찬하고
위로하고 부추기며 고마워해 더불어 누림

셋째 어질고 도타운 마음자리로

살갑고 너그러이 맞아 어울림

넷째 부드럽고 따사로운 눈빛으로

선선한 눈길을 열어 어울림

다섯째 성큼 어려운 이웃에게 손 내밀어

살갑고 도타이 보듬어 안아 살림

여섯째 앉을 자리, 누울 자릴 기꺼이 내주어

다사로이 누리도록 보듬는 살림

일곱째 네 어려움을 살펴 굳이 묻지 않고

미리 살피고 헤아려 거들어 살림

누구라도 언제든지 오세요

대원각 때 대문 노릇을 했던 낡은 솟을대문이 길상사 일주문 구실을 하고 있어. 그러기에 길상사에는 사천왕문도 해탈문도 없지. 울긋불긋한 단청도 없고, 엄숙한 사천왕상도 없는 길상사는 언제나, 누구라도 마음이 편안하게 드나들 수 있어.

일주문을 들어서서 오른쪽으로 오르면 설법전 앞에 가녀리고 가붓한 보살상이 서 있는데, 이 보살상이 바로 천주교 신자인 조각가 최종태 선생이 빚었어.

"이 관세음보살상은 길상사 뜻과 만든 이 예술혼이 시절 인연을 만나 이 도량에서 이루어진 것이다. 이 모습을 보는 이마다 대자대비한 관세음보살 원력으로 이 세상 온갖 고통과 재난에서 벗어나지이다."라고 적바림되어 있는, 불교와 천주교가 만나 빚어낸 이 오묘한 관세음보살상은 보는 사람들 마음을 말끔히 씻어주어 길상사다운 정서를 고스란히 보여주고 있지.

그래서 그런지 길상사 경내에서는 수녀님들도 만날 수 있어. 지

장전 가는 길목 수백 년 된 느티나무 고목 아래는 차를 마실 수 있는 다원이 있는데, 수녀님들이 가끔씩 찾아와서 차를 들어. 수녀님들이나 수사님들이 와서 차를 마시면 차값은 받지 않아. 비록 종교는 다르지만 같은 수행자요 구도자이므로.

부활절이면 가까이 있는 '작은형제 수도회' 천주교 수사님들이 부활절 달걀을 선물로 들고 길상사를 찾아오기도 할 만큼 길상사는 벽이 없이 포근한 곳이야. 12월 중순이면 길상사에서는 색다른 플래카드를 길 앞에 내걸어.

'예수님 탄생을 축하합니다.'

종교끼리 나누는 웃음꽃이 함박인데, 무슨 다툼이 있겠어. 길상사를 찾는 수녀님들은 경내를 그저 산책만 하다 가는 게 아니라, 길상사가 마련한 '침묵의 방'도 이따금 애용해.

오전 10시부터 오후 6시까지 누구나 들어가서 명상음악과 함께 명상에 잠길 수 있는 '침묵의 방'에서 수녀님들은 과연 무엇을 생각하고, 무엇을 느꼈을까?

'사랑의 씨튼 수녀회'에 산다는 수녀님은 이런 소감을 남겼어.

"님의 빛으로 빛을 봅니다. 세상이 아름답게 보이는군요. 정말 편히 잘 쉬다 갑니다. 모두 감사해요."

'성바오로 딸 수도회'에서 왔다는 한 수녀님은 또 이런 글을 남겼고.

"열린 공간 안에서 종교 간의 일치와 열림에 대해 명상…… 감사드려요."

스승이 창건법회에서 말씀하신 대로 길상사는 불교신자들만 보듬는 절이 아니라 '누구나 부담 없이 드나들면서 마음에 평안과 사는 슬기로움을 나눌 수 있는' 작은 공원이자, 생각에 잠기는 오솔길이며, 마음 놓는 쉼터요, 기도처가 되었어.

사랑해야 할 빚은 남아 있다

스승이 이해인 수녀님이 계시는 수녀원을 처음 찾으셨을 적에 이해인 수녀님은 "우리 집에 오신 김에 예비수녀들에게 한 말씀해 주시라."고 부탁드렸어.

그때 스승은 "수녀님들이 아침 묵상을 할 때 무슨 죄를 그렇게 많이 지었다고 모두 고개를 앞으로 수그리느냐 건강을 생각해서 허리는 꼿꼿이 세우고 묵상을 하면 좋겠다."면서, 절제하는 삶과 수도생활 초심자들이 가져야 할 마음가짐을 일러주셨대.

이렇게 수녀원 아침 기도에 함께 한 스승은 '여러분이 빚을 져서는 안 되겠지만 사랑해야 할 빚만은 남아 있다'는 로마서 13.8에 나오는 바오로 편지 구절이 너무 좋다고 베껴 쓰기도 하셨대.

사랑해야 할 빚이라, 빚치고는 참 결고운 빚이 아닐까 싶지만, 내가 사랑해야 할 빚쟁이란 처지에서 보면 결코 가벼울 수 없는 무게로 다가와.

사랑 빚더미에 앉아 있으면서도 거듭 빚만 지고 사는 신세니 어느 세월에 갚을 수 있으려는지, 갚을 수 있기나 하려는지?

본디 청정을 확신한다

내게 바람이 있다면

새삼스럽게 견성見性이나 성불成佛이 아니다.

수많은 수행자들이 깨달아 부처를 이뤄야 한다는 늪에 갇혀

잔뜩 주눅이 들어 밤낮을 가리지 않고 정진하고 있지만

나는 견성도 성불도 바라지 않는다. 모든 성인들이

한결같이 말하는 '본래청정本來淸淨'을 확신하고 있다.

나는 이 본디 맑고 깨끗함을 더럽히지 않고

마음껏 드러내려고 정진할 뿐이다.

송광사 지붕선과 절대미감

"요즘 절들이 불사를 벌이면서 본디 모습을 많이 잃었어요. 그나마 송광사가 괜찮은 편이죠. 그렇지만 송광사 대웅전을 새로 지을 때 법정 스님은 그렇게 지으면 조화가 깨진다고 반대하셨어요. 여러 해 전 유럽 환경잡지를 본 적이 있어요. 송광사 전각 지붕선 연결이 세계에서 가장 조화로운데 대웅전이 우뚝 솟아 안타깝다고 실렸어요. 그걸 보면서 스님 말씀이 떠올랐죠."

도예가 김기철 선생 말씀이야. 그런데 가까이서 스승을 모셨던 위재춘 선생도 오스트리아에 갔을 때 오스트리아 대학 관광학과 석사를 한 사람이 가이드를 했대. 그런데 그 가이드가 한국에서 볼만한 데는 송광사하고 제주도밖에 없다고 그랬다는군. 그래서 위재춘 선생이 송광사하고 제주도를 와 본 적이 있느냐고 물었더니 한국에 가보지 못했는데, 사진 자료를 보면서 공부를 했다, 그런데 송광사 지붕선이 곱고 제주도는 돌담과 지붕이 특색이 있다며 세계 어디에도 그런 데가 없다고 했다는 거야.

김기철 선생이 그릇을 빚는 작업장은 1988년 3월 1일에 짓기 시작해서 8월 31일에 끝냈는데 마침 그날 스승이 오셨대. 스승은 집을 돌아보시고는 세 가지를 짚어주셨어. 서까래 끝에 못을 박아서 풍경을 달았는데 "못 끝이 보이지 않았으면 좋겠다."며 "현관에 섬돌을 놓고, 뒤 곁에 바싹 붙은 나무들을 쳐내면 좋겠다."고 하셨대. 과연 스님 말씀대로 못을 천으로 감고, 섬돌을 놓고, 뒤 곁에 나무를 쳐내 깔끔히 정리하고 나니 집이 안온해지더래. 김기철 선생은 스승을 이렇게 돌아보셔.

"그게 쉽겠어요? 절대미감을 갖추신 분이셨어요."

다 모여라

'가온'은 마음자리이니,
'가운데'는 '중심中心'이라,
한 발짝만 비껴서도
위아래 갈리고 왼, 오른 나뉜다네.

숨을 쉴 때는
가온에 멈추나니,
목으로 나들이하는 숨은
잘 가누어야 한다네.

들고 쉬고, 나고 쉬고,
들숨 날숨 할 적에
내고 쉬는데 또 내쉬라 하면
숨길이 막힐 것이고
들이고 쉬는데 또 들이쉬라 하면

그때도 숨결이 멎을 것이라

다 비우면 더 비울 것 없고,

다 차면 더 채울 것 없으니

있으면 있는 대로 없으면 없는 대로 잘 헤아려

있으면 없애는 게 숨통 트는 길이고

없으면 받아들이는 게 숨통 잇는 길이라

목숨 사랑 그득한 윤구병 선생님이 지으신 '목숨'이란 시 앞머리 야.

당신은 어떤 뜻으로 쓰셨는지 모르지만 나는 숨 끊어지면 누릴 것이 남김 없어지니 숨 붙어 있을 때 뜨겁게 사랑하란 말씀으로 받아들여.

'가온은 마음자리니 한 발짝만 비껴서도 위아래 갈리고 왼 오른 이 나뉘며 숨이 쉴 때는 가온에 멈추니, 목으로 나들이 하는 숨 잘 가누어야 한다'는 말씀은 마음자리, 가온이 잘 잡힐 때라야 뜨거 운 사랑을 할 수 있다는 말씀이리라.

또한 뜨겁게 사랑할 수 있는 누리로 목숨 붙어 있는 모두가 어 우렁더우렁 춤추고 노래하는 평화로운 누리 빚기로 목 나들이하 는 숨을 잘 가눌 때라야 이룰 수 있다는 말씀이 아닐까.

내 곁을 내주어 남을 너로 받아들여야만 이룰 수 있는 마음자리, 가온.

절집에선 중도라 해. 누구에게라도 곁을 내어주어 너로 받아들이는 게 붓다마음자리지.

내 편 네 편 가르지 않으니 '아무나 와라, 우린 모두 아무나 편이야, 편 아닌 이가 없이 다 편이야!' 하고 외치는 게 평화 선언이고 가온 누리 열기란 말씀이야.

이것이 바로 윤구병 선생님이나 도법 스님 그리고 내가 바라는 누리 결이라 여겨. 그래서 우린 아무하고나 다 편을 먹어, 편이 없는 누리, 다툼 없는 누리, 싸움박질 없는 누리 꿈꾸는 이는 다 모이라고 세상에 알렸어.

'으라차차영세중립코리아' 무기를 녹여 살림살이를 만들고 무기 살 돈으로 먹을 것도 넉넉하게, 입을 것도 넉넉하게, 배움도 넉넉하게, 아플 때 치료비도 대주면서 땅을 사서 농사를 짓겠다는 이들에게 거저 나눠주고 누구나 끌어안아 먹고 남는 것은 또 나누는 누리 결을 빚어가자고. 그러려면 여자든 남자든, 동이든 서든, 보수든 진보든, 북이든 남이든, 자본주의든 사회주의든, 어린이든 어른이든, 이성애자든 동성애자든, 살갗 빛깔이 희든 검든, 가리지 않고 두루 평화로운 나라를 열자는 윤구병 선생님이 팔 걷어붙이고 나서고, 나는 뒤따라 붙었어.

　그랬다 하더라도 세상에 대고 여기저기 소리치고 다니지 않았으니, 아는 사람이 아주 적어. 한두 돌 지난 아이 새끼손가락 손톱을 바로 깎아 보일락 말락 할 만큼.

　그래도 상관없어.

　누가 뭐라고 해도 사막에 풀씨를 뿌리며 오래도록 숲을 가꿔온 중국 여자《사막에 숲이 있다》주인공 인위쩐처럼 쑤걱쑤걱 가다 보면 평화씨앗이 움터 어느 사이에 포르르 피어오를지 누가 알겠어?

읽을 것 없다

스승이 《오두막 편지》라는 책을 내셨을 때 임의진 목사 《참꽃 피는 마을》도 같은 출판사에서 나란히 나오는 인연을 맺어. 그때 스승이 《오두막 편지》에 사인해서 임의진 목사에게 건네면서 "읽을 것 없네. 임 목사 글엔 펄펄 뛰는 삶이 있는데, 내 글에는 삶이 없어요."라는 말씀을 하셨대.

좋은 찻잔만 보면 갖고 싶어 하셨던 스승은 "아이고 곱다. 옛날에는 여자도 마음에 있었는데 이제는 모두 마음에 없고 찻잔에만 마음이 있네." 그러셨는데 임의진 목사 글을 보시며 "지금도 좋은 글을 보면 나도 저런 글을 써야 하는데 하는 마음이 든다."고 하셨다니 임의진 목사가 한편으로는 좋았을 테지만 쥐구멍이 없을까? 몸 둘 바를 몰랐을 거야.

저를 배우는 일은 저를 잊어버리기

스승은 옛 스님 법어에 '불도를 배우는 것은 저를 배우는 일이며, 저를 배우는 일은 저를 잊어버릴 때 모든 것은 비로소 저 자신이 된다.'면서 "스님들은 대개 출가하고 나서 강당에서 4년 동안 경을 공부한 뒤 선방에 들어가 참선을 합니다. 한 스님이 첫 안거를 나는데 도무지 화두가 들리지 않더랍니다. 애를 써 보았지만 한 달이 지나도록 졸음과 망상만 이어질 뿐 도무지 진전이 없었어요.

처음 선방에 가면 공부는 그만두고 다리 아프고, 졸리고, 망상만이 가득한 경험을 하기 마련입니다. 그런데 이 스님은 제 업장이 두터워 참선에는 인연이 없나 보다 싶어 기도를 해야겠다고 생각을 돌이켰답니다. 선방에서 함께 정진하는 스님 10여 명을 보듬는 기도를 해주기로 한 겁니다. 참선 시간에 한 스님, 한 스님 떠올리면서 '아무개 스님, 이번 철 아무 장애 없이 공부를 크게 성취하게 해 주십시오.' 하고 말입니다. 이렇게 보름쯤 하고 나니까 하루는 문득 아주 기쁜 마음이 일면서 졸음과 망상이 사라지고 정신도 맑

아지면서 비로소 화두가 제대로 들어지더랍니다. 남을 위해, 내 이웃을 보듬으려고 간절히 기도할 때 비로소 내 마음이 열리는 것입니다. 선행이란 그런 겁니다. 선행으로 한 개인으로부터 모두에 이를 수 있는 길이 열리는 겁니다. 누구나 그런 마음을 가지고 있지만 보리심을 빛내지 않기 때문에 묵혀 있는 겁니다."라고 하셨어.

내 정진이 이웃에 어떤 영향을 끼치는지 잘 살펴 이웃에 회향, 돌릴 수 있는 정진을 해야 한다, 제게만 좋은 정진은 올바른 정진이 아니다, 이웃에게 이로운 이웃을 보듬는 정진을 하라고. 아울러 화두는 살아 있는 화두를 잡아야지 관념화되어 죽은 화두를 붙잡지 말라고 하셨지. 화두는 동네 시장, 아파트 엘리베이터에서도 찾을 수 있다고 하셨다고 말씀하시고.

불교 수행은 지난날이나 앞날이 아닌 늘 오늘에 있다며 풋중 시절, 벌써 50년 가까운 옛이야기인데 금봉 스님이 해인사 조실로 계실 때 해인사 선방에 들었던 이야기를 하셨지. 함께 공부하는 도반이 한 스님이 금봉 스님을 찾아가 화두가 잘 들리지 않는다고 여쭈었어. 그랬더니 금봉 스님이 어떤 화두를 들고 있느냐고 물으셨지. 스승 도반 스님은 "부모 몸 받아 태어나기에 앞서 나는 누구였나?"란 화두를 들고 있다고 하자, 금봉 스님은 큰 소리로 "부모 몸 받기는 그만두고 지금 당장 너는 누구인가?"라고 물으셨어. 옆에서 가만히 듣고 있던 스승은 이 말씀이 '탁!' 가슴에 와 닿았어. 더 물을 것이 없어 빙긋 웃고 물러 나와서 참선에 재미를 붙였다고 말씀했지. 깨달음은 이렇게 달이 부풀어 오르듯이 내 안에서 차오르는 것이지 어디 바깥에서 들어오는 것이 아니야.

스승은 이어서 말씀하셨어.

"정진하는 분들, 특히 참선하는 분들, 염불하는 분들, 기도하는 분들도 낱낱이 살펴보십시오. 지금 내가 간절하게 하는 일이 보리심을 빛내는 일인가 아닌가. 내 정진이 나와 내 이웃에게 어떤 영향을 끼치고 있는가. 좋은 영향을 끼친다면 바른 정진이지만, 저혼자 좋아서 하고 거기에서 그친다면 그것은 올바른 정진이 아닙니다."

지금 너는 누구인가? 중생으로 사는가? 붓다로 사는가는 오로지 내 몫 누구에게 물을 것 없다는 말씀이야. 안으로 들어 톺아보면 바로 알 수 있고, 아는 대로 살아내면 되는 거지. 누구에게 묻고 자시고 할 것 없어. 스승은 불자들이 내세우는 바람 네 가지 가운데 첫째가 중생무변서원도衆生無邊誓願度이다, 입으로만 따라 하면 아무 뜻이 없지만 보리심을 빛내는 사람만이 올릴 수 있는 아주 큰 바람이다, 중생을 기어이 다 건지겠다고 어려운 이웃들을 제가 다 바라지하고 보살피겠다는 뜻을 세워 산다면 올바른 수행이지만 시간만 보낸다면 잘못이라고 하셨어.

어머니는 목숨 언덕이자 뿌리

나는 어머니에게 자식으로서 효행을 못 했기 때문에 어머니들이 모이는 집회가 있을 때면 어머니를 맞는 마음으로 나간다. 길상회에 나로서는 파격일 만큼 4년 남짓 꾸준히 나간 것도 어머니에게 불효한 보상 때문인지 모르겠다던 스승은 "어머니는 우리 목숨 언덕이자 뿌리"라고 하셨어.

1993년, 파리 길상사 개원에 함께 했던 이들이 중심이 되어 파리 길상사를 후원하며 공부하는 모임을 만들면 좋겠다는 청학 스님 말에 강정옥 보살은 한국문화에서 불교문화를 빼면 얼마나 남느냐며 불교문화를 펼치는 일을 함께 하자는 말씀에 선뜻 좋다고 했어. 그래서 만들어진 모임이 길상회. 뒤로 청학 스님 말씀에 따라 스승은 길상회 어머니들을 보듬는 법회를 했어. 스승은 "길상회 어머니들을 만나러올 때는 목욕재개를 하고 온다."고 하실 만큼 정성을 기울이셨지.

욕심내지 말고 불국토가 되기까지만

흔히 길상사가 빚어지기까지 인연얘기 하면 스승과 대원각 주인
이던 김영한 할머니만을 떠올리지만, 길상사는 그 밖에 많은 사람
들이 땀 흘리고 있는 힘을 기울였기에 이룬 터무니지. 우리는 사람
얼굴에서 눈을 가장 먼저 보지. 어떤 이는 눈이 그윽하니 아주 맑
아. 그럴 때 우리 눈엔 그이 눈만 들어오지만, 생각해 봐. 눈만으로
는 호수처럼 맑은 눈을 이룰 수 없어. 힘차게 뛰는 염통을 비롯해
먹은 것을 소화해내는 양이 튼튼해야 하고 뼈와 힘살, 손과 발 그
어떤 것 하나라도 튼튼하지 않아선 눈이 맑을 수 없다는 걸 놓쳐
선 안 돼.

대원각을 드리겠거니 아니 받겠거니 옥신각신하는 사이에는 길
상사 초대 주지를 지낸 청학 스님이 흘린 땀과 눈물이 깃들어 있
어. 그리고 그 밖에 잘 알려지지 않았지만 송광사 문중 현문 스님
과 그 상좌 정안 스님이 흘린 땀도 적지 않아. 특히 처음 김영한
할머니는 내놓겠다는 뜻을 내었다지만 그 밑에서 대원각 살림을

하는 사람들 처지는 또 달랐기 때문에 청학 스님이나 현문 스님 그리고 정안 스님 같은 이들이 겪는 고초는 이루 말할 수 없었어.

1995년 현문 스님이 봉은사 포교실장으로 있던 정안 스님을 불렀어. 대원각을 절로 만들려고 하니 일을 봐 주어야 하겠다고. 정안 스님은 김영한 할머니가 대원각을 법정 스님에게 기증하려 한다는 이야기는 오래도록 떠돌았지만, 당신이 그 일을 하게 될 줄은 꿈에도 몰랐대. 그때 대원각은 고깃집이었는데 계약기간이 2년이나 남아 있었을 뿐 아니라, 권리주장을 비롯해 이리저리 얽히고 설킨 일들이 적지 않아 그리 좋지 않았어. 여러 이야기가 있었지만 기증절차를 비롯한 방식에서 양쪽 생각이 적잖이 차이가 있었는데, 스승은 조건부 기증이란 있을 수 없다고 단호하셨어. 정안 스님이 가서 보니 그 사이 여러 스님들이 시달리다 갔다는 것을 알았어. 그런가 하면 어떤 교회에서는 백지 수표를 내놓고 그 자리를 탐했다는 얘기도 있었대.

더욱이 김영한 할머니 건강이 오락가락하셔서 오늘 이러는가 싶으면 또 한없이 기다려야 하고. 그때 할머니는 불자가 아니었어. 백석 시인을 사랑한 분으로《내 사랑 백석》이란 책을 펴내셨지.

현문 스님은 할머니를 자주 찾아뵈었어. 생각보다 시간 많이 흘러 송광사 중앙분원, 창건주 김영한, 절 이름을 대법사라 하여 사설 사암 등록을 하고 재산 기증 절차를 마쳐 1995년 6월 13일 현문 스님이 주지를 맡았어.

그때 정안 스님은 "보도 자료를 만들어 배포하는 것이 어떻습니까?" 하고 현문 스님에게 여쭸어. 그랬더니 현문 스님은 법정 스님이나 김영한 할머니가 드러내 보이기를 싫어하니 그만두라면서 "누가 살든 무엇을 하든 어떻게 되든 큰일은 욕심내지 말고 불국토가 되기까지만 하자."고 하셨대. 그 뒤로 정안 스님은 "누가 살든, 무엇을 하든, 어떻게 되던, 큰일은 욕심내지 말고 불국토가 되기까지만 하자." 이 말씀을 수행 좌표로 삼고 산데.

그리고 이태 뒤 김영한 할머니는 스승께 '길상화'라는 법명을 받고 절 이름도 '길상사'로 바뀌고 초대 주지를 청학 스님이 맡았어. 어디 이분들뿐이겠어? 그 뒤로도 많은 분들이 길상사가 맑고 향기로운 도량을 빚어지는데 정성을 바쳤지. 마음이 닿을 때마다 알려 드리려고 해. 그러나 현문 스님과 정안 스님 애기는 묻힐 수도 있기에 적바림했어.

크든 작든, 없어서는 안 되는 거든 보잘 것 없는 거든 모두 한때 이어짐, 그 끝이 후련하게 드러나거나 느낄 수 있는 것도 아니야. 비롯함에 따라 바뀌기에, 끝이 닿았다 해서 언제까지나 이어지는 것도 아니고 빼곡하다가 성글어지고 성글다가도 빼곡해지며, 비롯하듯 끝나고, 끝인 줄 알았는데 다시 비롯하지.

가실 때까지 유머를

병실에 계실 때 회진을 도는 의사가 물었어.

"어디 불편하신 데는 없으세요?"
"불편하니까 누워 있는 거 아닙니까?"

의사가 병실을 나가자 간병하던 분당 보살이 물었어.

"스님, 방금 다녀간 분이 누군지 아세요?"
"염라대왕."

"편지다!" 봉투를 건넨 스승

"스님은 늘 살아 있는 사람은 날마다 꽃처럼 새롭게 태어나야
한다고 말씀하셨어요."

중학교 3학년 때 아버지를 잃은 피상순은 스승을 아버지처럼 따
랐어.

"학교 다닐 때, 스님이 '편지다!' 하면서 봉투를 건네주세요. 나
중에 꺼내보면 용돈이 들어 있어요."

상순은 첫 월급을 타자마자 스승께 드릴 선물부터 골랐어.

첫 월급 받아 보내준 선물과 용돈까지 받고 보니
마치 학부모라도 된 것 같은 기분이오.
山을 생각해준 뜻에 안으로 고마움이 가득 고이오. ⋯⋯

十二月 二十八日　合掌

197

피상순 선생이 전문의 따고난 다음 해 스승께 가서 밭도 매어드리고 친구가 도자기 굽는 데도 다녀오고 학회준비도 하면서 이리저리 다니다가 교통사고가 났어.

이리원광대학병원에 입원해 있었는데 스승이 여러 번 다녀가시며 치료비 하라고 돈도 내놓으시고 신문 칼럼에 그 이야기를 쓰셨어. 아이들이나 젊은이를 끔찍이 여기시던 어른 마음자리가 고스란해.

"생사 갈림길이 어떤 것인지

전 존재로 느꼈을 것이다. 한 생명이

얼마나 소중한 것인지 살아 있는 사람들은

고마워할 줄 알아야 한다. ……만약 그때 사망했으면

재＊나 지내주며 슬퍼하다가 점점 기억에서 사라질

생각을 하니 우리 삶이 얼마나 허무하고

덧없는 것인지 새삼스레 되새긴다."

말과 삶이 조화로운 분

　10·27 법난 즈음, 총무원 교육국장을 맡았던 돈연 스님은 계율 통합 계단을 만들어 제1회 통합계단을 통도사로 정했어. 스님 네 분을 모시면 성공이라고 봤던 돈연 스님은 스승과 지관 스님, 일타 스님, 홍법 스님을 모셨어. 전개 아사리는 자운 스님이었는데 자운 스님은 스승을 "말과 삶이 같아 조화로운 분"이라고 평가를 하셨대.

　돈연 스님은 스승을 삶과 경전, 사회를 조화시키는 데 스승을 넘을 승려를 보지 못했다고 해.

　"스님은 기준이 아주 명확하고 역사의식이 투철하신 논리에 딱 들어맞는 어른이셨어요. 정치발언은 하지 않으셨지만, 사회에다가 더듬이를 두고 사회가 어떻게 돌아가고 어떤 병을 앓고 있는지 끊임없이 관심을 기울이셨죠. 늘 조심스럽게 살며, 당신 그릇보다 더 크게 당신을 쓰고 간 어른"이라면서, 스승은 "당신이 계획한 대로 살다 간 어른으로 CRM(고객만족경영)은 물론이거니와 당신 만족

경영도 참 잘하셨다."고 돌아봤어.

한밤중을 누리도록 이끄는 기침보살

　스승은 말년에 이따금 낡은 당신 법당을 지켜본다고 하셨어. 가슴앓이로 오래 고생하신 스승은 한밤중에 기침 때문에 잠을 이루지 못하셨지. 그러면서 늙음에 병이 따르는 것은 자연스러운 일이라고 말씀하셨어.

　스승은 한밤중에 기침이 잠을 깨우면, 전엔 고통스럽게 여겼는데 '기침이 아니면 이 밤중에 누가 나를 불러 깨우겠는가?'라고 생각하면서 앞으로 살날이 많지 않을 테니 잠들지 말고 깨어 있으라는 소식으로 받아들이셨어. 천식기침으로 일어나는 바로 그때, 전에는 느낄 수 없던 또렷한 맑음 누릴 수 있다고 하셨어.

　살 만큼 살다 보면 부품이 고장 나 덜컹거릴 때가 있는데, 자연스럽게 받아들이면 고통스럽지 않다며 한밤중에 일어나 스스로 되돌아보면 많은 것을 깨칠 수 있고 배울 수 있다고 하셨지. 내게 닥친 것이 무엇이든 받아들여 누릴 수 있으면 붓다, 버겁고 힘들게 여겨 떨치려고 몸부림을 치면 중생이란 말씀.

퇴원하면 강원도 눈부터 보러 갈 것

　마리아 관음을 조각하신 최종태 선생님은 스승이 원적에 드시기 전 2월 하순 병실로 찾아가 마지막 뵈었어. 스승은 최 선생님을 보자마자 "원■은 여전한데 한계가 있다."며 다 내려놓고 떠날 차비를 하시면서도, "퇴원하면 강원도 눈부터 보러 갈 것"이라며 농담을 던지셨대.

　"법정은 맑아요. 맑은 사람이 옆에 있으면 그 맑음이 옮아요. 가슴속이 눈 쌓이는 밤처럼 시원해요. 좋은 그림 앞에 있으면 좋은 기운이 내 마음에 스며들어오는 것처럼."

살 땐 그 전부를 살고 죽을 땐 그 전부가
죽어야

살 때는 삶에 철저해 그 모두를 살아야 하고,
죽을 때는 죽음에 철저해 그 모두가 죽어야 한다.
꽃은 필 때뿐 아니라 질 때도 아름다워야 한다.

스승 말씀 가운데 가장 뼈저리게 와 닿는 말씀이야. 녹록치 않
은 이 세상 살아내려면 주어진 순간순간 있는 힘껏 목숨 걸고 옹
글게 살다가, 목숨 내놓고 세상 떠날 땐 티끌만한 미련도 두지 말
고 떠나라는 서슬 시퍼런 말씀. 오늘도 물러섬이 없고 뉘우침 없
는 오롯한 삶을 살아내려고 다지며 신발 끈을 조이고 있어.

목숨 뿌리는 다를 게 없다

1976년 8월 엄청나게 더운 날 박석무 선생은 김남주 시인, 김정길 선생과 함께 불일암을 찾았어.

점심을 들고 광주에서 출발해서 해질 무렵에야 불일암에 도착했는데 스승은 계시지 않았대.

마루에 한참 앉아 있으려니까 스승이 땀을 뻘뻘 흘리면서 올라오셨다더군.

일행은 함께 가지고 갔던 수박을 쪼개 먹었는데 다 드시고 난 스승이 땅바닥에 떨어진 수박씨를 하나하나 쓸어 담으시더래.

박석무 선생이 "왜 번거롭게 주우세요?" 하고 여쭸더니 그냥 두면 냄새를 맡고 개미들이 달려들고 잘못하면 밟아 죽이게 될지도 모르니까 쓸어 담아야 한다고 그러셨대.

스승이 지리산에 있는 어느 작은 암자에서 지낼 때 여름철 안거가 끝난 뒤 함께 지내던 도반들은 다 하산해 버리고 텅 빈 암자를 지키고 계셨대. 그땐 등산꾼도 구경꾼도 없던 때라 암자는 그야말로 조용했다네.

사람이라고는 약초를 캐러 다니는 사람들이 이따금 지나갈 뿐이었지. 어느 날 공양을 마치고 헌식을 하러 뒤꼍 헌식돌로 나갔더니 꽤 큰 쥐 한 마리가 달아날 생각도 하지 않고 기다리고 있더래.

대개 다람쥐나 새가 와서 쪼아먹으니 헌식돌에 음식찌꺼기가 남아 지저분한데 여기서는 늘 말끔했다는 거지. 알고 보니 날마다 이 쥐가 와서 먹어치웠기 때문인 것이라. 그땐 스승이 하루 한 끼밖에 먹지 않을 때라 한낮에 공양을 끝내고 헌식을 하러 가면 으레 그 쥐가 기다리고 있었대.

그전에는 쥐꼬리만 보아도 소름이 끼치곤 했는데, 아무도 없는 산중에서 쥐를 만나니 오히려 반가우셨다는군. 그 뒤로 헌식을 보다 많이 주었다지. 쥐는 무럭무럭 자라 보통 쥐 세 곱이나 됐대.

그러다 쥐에게 한마디 일러주어야겠다고 생각이 미친 스승은 쥐가 다 먹기를 기다려 말을 거셨어.

"쥐야, 네게도 영식(靈識)이 있거든 내 말을 들어라. 네가 여러 생에 익힌 업보로 그처럼 흉한 탈을 쓰고 있는데, 이제 청정한 수도장에서 나와 같이 지낸 인연으로 그 탈을 벗어 버리고 다음 생에는 좋은 몸 받아 해탈을 해라."

신기한 일은 다음 날 헌식돌에 나가니 쥐가 보이지 않아 웬일인가 살펴보니 쥐가 헌식돌 아래 죽어 있더래. 사람이 사람을 못 미더워하는 세상에서, 쥐가 사람 말을 알아들었구나 싶어 대견스러우셨대. 거죽이 다를 뿐 착하게 살려는 목숨 뿌리는 조금도 다를게 없음을 거듭 거듭 확신하면서 염불을 하고 그 자리에 묻어주셨대.

사랑은 끝나지 않았다

우리 안의 벽과
우리 밖의 벽
그 벽을 그토록
허물고 싶어 하던 당신,
다시 태어난다면 추기경이 아닌
평신도가 되고 싶다던 당신

당신이 그토록 사랑했던
이 땅엔 아직도
싸움과 폭력, 미움이
가득 차 있건만

봄이 오는 이 대지에
속삭이는 당신의 귓속말,
살아 있는 것은 다 행복하라.

사랑하고 또 사랑하라,
그리고 용서하라.

김수환 추기경을 떠나보내며
스승이 쓰신 추도문
'사랑은 끝나지 않았다'에서

절이 된 기생집

"제발 받아주십시오, 스님."

"나는 받을 수가 없습니다."

한때 밀실정치 총본산이던 기생집 대원각은 7,000평에 이르는 드넓은 땅과 숲 속에 건물 40여 동이 위용을 떨쳤지. 주인은 김영한金英韓 할머니. 1987년 미국에 머물고 있던 김영한 할머니는 '무소유'로 널리 알려진 스승이 부처님 말씀을 알리러 로스앤젤레스에 오셨다는 말씀을 듣고 가깝게 지내던 김 대도행 보살 손에 이끌려 로스앤젤레스 고려사에서 스승을 처음 뵈었어.

이 자리에서 김영한 할머니는 대원각 건물과 땅을 모두 스승에게 시주할 테니 절로 만들어달라고 했어. 그러나 '무소유'로 살아오신 스승은 바로 정중히 손사래 치셨어. 이로부터 무려 10년에 걸친 시가 1,000억 원대에 이른다는 큰 재산을 내놓겠다는 김 할머니와 '받을 수 없다'는 스승 사이 기이한 실랑이가 계속됐어.

"제발 받아주십시오, 스님."

"나는 받을 수가 없습니다."

　기어이는 무승부. 대원각을 스승이 아닌 대한불교 조계종 송광
사 분원으로 등록했어. 이제 영원히 대한불교 조계종 송광사 공유
재산일 뿐, 스승은 '무소유'를 누릴 수 있으셨지. 여기에 스승을 마
음으로 존경하고 따르는 재가불자 지극한 정성과 신심이 모아져
건물을 절집에 맞도록 고쳐서 새로운 절 길상사가 태어났어. 1997
년 12월 14일 길상사 창건법회에는 뜻밖에 한국 천주교를 이끄는
김수환 추기경께서 오셔서 더욱 빛났어. 이날 스승은 이런 인사말
을 남기셨어.

　"저는 이 길상사가 가난한 절이 되었으면 좋겠다고 생각합니다.
……절은 더 말할 것도 없이 안으로 수행하고 밖으로 교화하는 청
정한 도량입니다. 진정한 수행과 교화는 호사스러움과 흥청거림에
서는 결코 이루어질 수 없습니다.

　어떤 종교 단체든지 시대와 후세에 모범이 된 신앙인들은 하나
같이 가난과 어려움 속에서 신앙 꽃을 피우고 열매를 맺었습니다.

주어진 가난은 우리가 이겨내야 할 과제지만 선택된 맑은 가난, 청빈은 아름다운 덕입니다. 넉넉한 데서는 사람이 병들기 쉽지만 맑은 가난은 우리에게 마음 평화를 이루게 하고 올바른 정신을 지니게 합니다. 오늘과 같은 경제난국은 넉넉한 물질에만 눈멀었던 우리에게, 우리 분수를 헤아리게 하고 맑은 가난이 주는 뜻을 되돌아보게 하는 계기이기도 합니다.

이 길상사는 가난한 절이면서도 맑고 향기로운 도량이 되었으면 합니다. 불자들만이 아니라 누구나 부담 없이 드나들면서 마음에 평안과 사는 슬기를 나눌 수 있었으면 합니다."

스승은 대원각을 내놓아 길상사를 빚게 해준 김영한 할머니에게 '길상화吉祥華'라는 법명法名을 주시고 108염주 한 벌을 할머니 목에 직접 걸어주셨어. 할머니는 평생 일군 커다란 재산을 아낌없이 부처님께 시주한 보답으로 목에 걸린 108염주 한 벌을 만지고 또 만지며 내가 평생 일군 터에 부처님을 모셔 한없이 기쁘다며 소녀처럼 좋아하셨지. 그리고 한 해 뒤인 1999년 11월 13일 오후 길상사 경내를 거닐면서 "나 죽으면 화장해서 길상사에 눈이 많이 내리는 날 뿌려주세요." 하는 말씀을 남기셨어. 그리고 이튿날 108

염주를 목에 건 채 83세 나이로 삶을 마치셨어. 그리고 한 달 뒤인 12월 14일 오전, 김영한 할머니 말씀대로 길상사에 눈이 많이 내리자 스님들이 경을 읊으며 재를 뿌려드렸어.

천주님 사랑과 부처님 자비는 한 보따리

스승이 돌아가시고 나서 많은 언론사들은 적지 않은 책을 써서 인세가 적지 않을 텐데 그것을 어디에 썼는지 흥미를 보였어. 누구도 자세히는 모르지만 여기저기서 나오는 얘기를 다듬어 보면 장학금으로 쓰였다는 쪽으로 가닥이 잡혔지. 그래도 비밀로 하라는 엄중한 스승 말씀에 다들 내가 수혜를 입었소, 얼굴 내밀기를 꺼려할 때 선뜻 나서서 스승께 대학 다니는 동안 장학금을 받았다는 문현철 교수에게 언론사 이곳저곳에서 달려갔어.

고등학교 때 방황하다가 광주 음악감상실 베토벤에서 스승을 만난 문현철은 비위짱 좋게도 차갑게 보이는 스승에게 다가가 제 사정을 미주알고주알 털어놓은 인연으로 이따금 불일암으로 스승을 찾아뵈었어.

1983년, 3월 13일 명동성당에서 영세를 받고 곧바로 광주에 내려가서 밤에 자취 짐을 옮기다가 차가 정면충돌하는 교통사고가 났어. 의식을 잃고 죽음 언저리를 헤매다가 3주 만에 기적처럼 깨어나, 6월 중순 퇴원을 하고. 고교생이면 누구나 겪는 정체성문제, 진로문제와 더불어 일찍 곁을 떠난 부모님과 부모님 대신 자신을 길러준 할머니생각이 뒤엉켜 힘든데 사고마저 겪게 되니까, 봇물 터지듯이 절망이 밀려들었대.

"아니, 어떻게? 세례를 받은 날 교통사고가 날 수 있어? 하느님! 당신이 계시기는 한 겁니까!"

기말고사를 앞둔 현철은 시험도 밀쳐놓고, 서울행 밤기차에 몸을 실었어. 머릿속에 온통 김수환 추기경님을 만나 따져봐야겠다는 생각밖에 없었대. 무작정 찾아간 명동성당, 바깥나들이 가셨다는 추기경을 여섯 시간이 넘도록 기다린 끝에 어렵사리 만나 자리에 앉자마자 "추기경님! 하느님이 계시다면 어떻게 이럴 수가 있습니까?" 하고 바로 종주먹을 들이댔어.

부모님 얘기를 비롯한 살아온 자취와 찾아온 용건을 듣고 난 추기경은 "사람이 살면서 많은 일을 겪는데, 지금은 네가 헤아릴지 모르겠으나 뒷날 너를 어딘가에 귀하게 쓰려고 주어진 시련이다, 살아났으니 커다란 은총"이라면서 성모마리아와 예수가 그려진

215

카드에 글을 손수 써주셨어. "늘 하느님께서 함께한다, 하느님과 함께하는 사람은 어떤 어려움도 이겨낼 수 있다, 그렇게 얻은 능력은 반드시 남을 위해 써야 한다."는 세 마디였어. 참으로 고맙고 소중한 말씀이었지만, 현철 귀에는 들어오지 않았대.

갈증이 가시지 않은 현철은 다음 날 학교를 가지 않고 불일암으로 스승을 찾았어. 텃밭을 매던 스승에게 "스님, 제가 영세받은 날 교통사고로 죽다 살아났습니다. 아니, 어떻게 영세받은 날 교통사고가 날 수 있습니까? 김수환 추기경님도 만났는데, 후련한 답을 주시지 않았습니다. 스님! 대체 하느님이 계신 겁니까?" 하고는 다그치듯이 여쭈었어.

스승은 "네 생각이 잘못되었다. 천주님이 만화책에 나오는 마술쟁이인 줄 아느냐. 하느님은 큰 아픔을 겪으며 더욱 성숙해지도록 힘을 주신다, 이번에 겪은 일을 바탕으로 자기 성찰을 이뤄야 한다. 이번 일이 주는 뜻이 무엇인지 간절한 마음으로 천주님께 기도해봐라. 아주 오래도록 기도를 해야만 답을 얻을 수 있을 것."이라고 말씀하셨어.

"스님은 하느님을 꼭 천주님이라고 그러셨어요. '천주님께 기도

드려라. 열심히 기도드리다 보면 이 사고가 주는 깊은 뜻을 일러주실 것'이라고. 그 말씀이 촉매제가 되었죠. 그때 스님이 마치 아버지 같다는 느낌이었어요. 자꾸 저한테 툭툭 퉁명스런 말씀을 던지기도 하고, 막 뭐라고 화도 내곤 하셨죠. 할머니와 스님이 제게 물려준 것은 새로운 시작, 희망, 긍정이었어요. 그에 견주어 김수환 추기경님은 벽돌을 찍을 때 좌우로 고르기처럼 제 삶을 고르게 해주셨어요."

스승은 삶이란 고통을 견뎌내는 일이라는 말씀을 늘 하셨어. 중학생은 중학생대로, 고등학생이나 대학생은 다 그 나름대로 어려움들이 있지 않느냐, 겉으로는 평온하게 사는 것 같지만, 누구나 내면에서는 견디기 어려운 일상들이 많다, 힘듦을 견디면서 살아내는 일이 사는 본질이라고.

1987년 6월 항쟁이 한창일 때. 현철은 불일암 툇마루에 앉아 스승에게 푸념을 늘어놓았어. 대학에 가보니까 별것도 아니더라. 할머니가 여기저기 뛰어다니면서 어렵사리 등록금을 마련해 주셨는데 학교생활에 별 의미를 못 느낀다, 학교를 그만 둬버리고 차라리 고시공부를 할까? 아니면 동생들 뒷바라지도 해야 하니까 취직이나 할까? 책도 손에 안 잡히고, 마음이 잡히지 않고 혼란스럽다며 차라리 불교로 개종을 하면 어떨까 하는 말씀을 넌지시 드렸어.

스승은 빙그레 웃으면서 누구는 청국장을 좋아하고, 누구는 김치찌개를 좋아하지만, '천주님 사랑이나 부처님 자비는 풀어보면 모두 한 보따리'니 그대로 있으라고 했어.

"스님은 '기도 열심히 해라. 지금 마음이 잡히지 않는 문제를 떠올리며 백일이 넘도록 마음을 기울여 정성껏 기도해 보아라. 적어도 생각이 하나하나 정리되면서 가다듬어질 것이다.'면서 베토벤엔 자주 가냐? 물으셨어요."

그 뒤 현철이 베토벤에 들렀더니 베토벤 이정옥 사장은 마침 네게 연락하려던 참이었다면서 스님이 등록금 고지서 가지고 오라셔. 네가 어렵게 공부하는 줄 알고 도와주고 싶어 하신다고 했어. 1학년 2학기 등록금 고지서가 나왔을 때였지.

"스님이 등록금을 졸업 때까지 내주셨어요. 그리고 2학년 2학기와 3학년 때 장학금이 필요한 친구를 몇 사람 추천하라고 하셨어요. 그래서 의과대학 다니는 고등학교 후배 한 명과 친구 2명, 전

남대 1명, 조선대 2명을 추천했어요. 이정옥 사장은 '절대 입 열지 마라. 스님 엄명이다.'고 말했어요."

큰일 하고도 힘이 넘치면 겸손하기 어려워

누리 어머니 박청수 교무님은 일을 하다가 버거우면 스승께 가장 편지를 많이 보냈대. 히말라야 설산 라다크를 도우려 할 때 사람들이 관심을 기울이지 않아 안타까웠던 교무님은 궁리 끝에 스승을 떠올렸어. 인도를 다녀와서 인도기행을 쓰신 스님은 형편을 잘 헤아리시라 믿었기 때문에.

"자녀들을 가르칠 학교가 없어서 1만 리가 떨어진 남인도 뱅글러로 대여섯 살 때 보내서 집에 한번 오려면 24시간을 기차를 타고 이틀을 버스를 타고 와서도 또 걸어서 와야 하니까, 애를 학교를 보내고 나면 십 년 만에 부모자식이 만나야 해요. 아무래도 학교를 세워야 할까 봐요."

편지를 받은 스승은 단걸음에 달려와 나도 거들어야겠다며 100만 원이나 놓고 가시며 "제가 등 뒤에서 지켜보고 있으니 마음 든든하지요?" 하시고.

라다크에 학교를 짓고 나서 진이 다 빠진 박청수 교무님이 스승께 "스님, 힘이 하나도 없어요. 제 내면이 바닷가 갯벌 같아졌어요." 그랬더니 스승은 "아휴, 그래야 해요. 큰일을 하고 나서도 힘이 남아서 쩡쩡하면 겸손해지기 어려워요. 그리고 그 일도 공이 되지 않고요. 힘든 일을 하고 나면 기진맥진해야 정상이에요."라고 보듬어주셨대.

스승이 보낸 엽서엔 "구름도 바라보세요. 별도 헤아리고요. 장거리 선수는 한꺼번에 기운을 쏟아내지 않는대요." 다사로운 소리가 빼곡했대.

南無千手千眼

觀世音보살!

교무님은 세상 소리에 귀 기울이며

千手와 天眼으로 돕고 거드는 관세음보살이세요.

'숙제'를 읽으면서 善哉 善哉!라고 찬탄해 드리고 싶습니다.

……여기저기 꽃소식이 들립니다. 향기로운 봄 맞으십시오.

法頂 합장 96. 3. 30

스승이 박청수 교무님에게 보낸 편지.

수제비 빚기, 돌담 쌓기,
전각은 지묵 수좌를 따를 수 없네

지묵 스님을 퍽 오래 가까이 두셨던 스승은 세 가지는 못 당하겠다고 하셨어.

"첫째는 수제비, 내가 일러드린 대로 한껏 솜씨를 내봐도 그 맛이 안 난다는 거여.

둘째 돌담 쌓기, 조계산 돌을 주어다가 불일암 올라가는 돌계단을 쌓았는데, 구산 스님이 '다른 데는 이번 태풍에 길이 패고 무너져 내렸는데 여기는 괜찮네.' 그러시니까.

법정 스님이 '지묵 수좌가 특수 공법으로 정성껏 쌓아서 무너지지 않습니다.' 그러셨어요.

셋째 전각, 법정 스님 낙관은 석정 스님, 무용 거사, 수안 스님 그리고 내가 판 20여 과를 더해 백여 과가 됩니다. 글씨는 스님이 쓰고 나는 칼질만을 했어요. 깎아서 보여드리면 '조금 힘이 빠졌어. 다시.', '좋군. 균형이 잡혔어. 약간 옆으로 삐쳐서 멋있지 않아?', '날 일 자는 그냥 해를 그려서 원 안에 점만 찍어봐.' 그러시

는데 디자인 감각이 있으셨어요. 스님은 목수 일을 잘하시고 나는

돌 일과 전각을 잘하니까 취미에 따라 일을 했지요."

아이고, 천불난다. 옜다! 천불

스승과 지묵 스님 오랜 인연은 뒤에 안 일이지만 지묵 스님 은사이신 법홍 스님이 다리를 놓으셨어.

"아무래도 내 상좌 지묵이가 스님을 좋아하는 것 같소. 내가 가르치지 못한 것을 스님이 좀 가르쳐주시오."

심각하게 그러고 가셨다면서 은사 스님 정성을 생각해서라도, 공부 잘하고 필요한 것 있으면 얘기하라고 하셨대. 상좌가 다른 스님을 좋아한다고 당신이 직접 찾아가 부탁하는 일은 보통 도량으로는 어림도 없는 일이야.

"법정 스님은 내가 해외여행을 할 때 대개 왕복 비행기 표 끊어주시고, 어려울 때마다 일등 후원자였어요."

지묵 스님이 미국에 가려고 비행기 표를 끊어놓고 불일암에 인사드리러 올라갔을 때 스승은 다락에서 당신 손때 묻은《신채호

전집》 상하권을 꺼내주면서 "어디 가더라도 한국을 잊지 마라. 어머니가 문둥이여도 버려서는 안 되듯이, 내 나라가 아무리 썩고 잘못됐다 하더라도 잊어서는 안 된다."고 말씀하셨어. 반면 스승에게 인사를 올리고 큰 절로 내려와 은사 법흥 스님을 찾은 지묵 스님, 짐짓 목소리를 깔면서 말했어.

"스님! 제가 미국에 갈랍니다. 도가 있으면 도를 보여 주십시오. 도를 가지고 가겠습니다. 돈이 있으면 돈을 보여 주십시오. 돈을 가지고 가겠습니다. 했더니 우리 스님이 '아이고, 천불난다. 옜다. 천 불!' 하면서 천 달러를 주시더라고."

불교 종단에 이렇듯 해학이 넘치고 정감 어린 사제가 또 어디 있으랴. 이 자리가 아니면 도타운 스승과 제자 정을 어디에 담을까 싶어 이 얘기는 쓰지 말라는 지묵 스님 신신당부를 어기고 말았네.

편지 답장을 꼬박꼬박

내가 아는 한 스승은 어느 누가 편지를 했든 편지가 당신 손에 건네지고 주소가 뚜렷하면 답장을 꼬박꼬박 하셨어. 스승과 친교가 깊은 이해인 수녀님이 지원자 담당을 할 때 예비수녀님들이 스승을 좋아한다고 했어. 그 얘길 듣고 이해인 수녀는 스승한테 하

고 싶은 말 한마디씩 쓰라고 해서 스님에게 편지를 띄웠어. 그랬더
니 스승은 아홉 자매들 이름을 하나하나 부르면서 자상하게 공동
답장을 보내셨어. 그 편지를 좀 줄여서 옮겨보면.

아홉 자매님 고마운 편지에 대한 회신을 뒤늦게 씁니다. **말째 베**

로니카: 어제 큰 절에서 수련하는 학생들이 40여 명 우리 불일에 올라왔기로, 一列 횡대로 새워 놓고 거꾸로 보기를 시켰습니다. 그 모습 또한 볼 만해요. 방문객들에게 노래를 시키는 게 요즘 내 취미랍니다. …… **여섯 째 류 글라라**: 요즘은 소위 일조량이 적어 잘 마르지 않은 빨래를 말려야 합니다. 땀 흘리지 않더라도 내의는 자주 갈아입는 게 내 성미입니다. 베개가 높으면 안 좋대요. 고침高枕 단명야短命也라. …… **아가다**: 그래요. 진정한 친구는 말이 소용없지요. 수도자는 말을 할 때 세 번쯤 생각해야 한다는 가르침이 있습니다. 내가 지금 하려고 하는 말이 나한테도 이롭고 듣는 쪽에도 이로운 말일까? 서로가 이로운 말이라면 하고. 이롭지 않은 말이라면 삼켜버려야 합니다. 꿀꺽. 수도자가 말이 많은 것은 속이 그만큼 비었다는 증거입니다. …… **셋째 아셀라**: 올 여름 이 지루한 장마는, 비님을 좋아한다는 아셀라를 위해 있는 것 같군요. 그런데 농사가 안 되어 큰일입니다. 가난한 나라에서 흉년이 들면 어쩌지요? 풍년이 들어 모두가 넉넉하게 살아지이다 하고 기도를 드려야겠습니다. …… **큰언니 히야친타**: 성급해서 하루 전날 왔다고요? 그래요. 집을 떠나려고 결심이 되면, 누가 어디서 기다리는 것도 아닌데 마음이 조급해지는 게 모든 출가 수도자 심경일 것입니다. 마가린 통에 바이올렛을 심듯이, 정성을 다해 수도생활에 한결같

228

이 정진한다면, 하루하루가 새로운 날이 될 것입니다. 8월 말쯤 우리는 현품대조를 하게 될 것입니다. 다들 즐겁게 살아야 합니다.

1980. 8. 15 빗날 佛日庵에서 합장

참으로 자상한 어른이셔. 그런데 절집안 사람들은 입이 댓 발 나오곤 했어. 우리 식구보다는 다른 식구들을 더 챙기신다고. 또 스님들보다는 재가자를 더 챙기셨어.

노벨 소포상이 있다면

스승이 불일암 시절 불일암을 찾는 이들은 스스로를 불일권속이라 불렀어. 한솥밥 먹는 식구라는 소리지.

그 불일식구 가운데 둘째가라면 서러워할 피상순 선생이 스님한테 크게 혼이 난 적이 있어.

"제가 꽃을 좋아해서 꽃시장을 자주 다녔거든요. 유월이었나? 장미꽃이 너무 고와서 소포로 보냈어요. 스님한테. 그랬다가 산목숨을 소포로 보냈다고 야단을 많이 맞았어요. 숨 막히게 했다고."

그 얘기를 스승이 샘터에 쓰셨어.

그는 엉뚱한 짓을 잘한다.
한번은 장미꽃을 한 아름 소포로 부쳐와
나한테 야단맞은 일도 있다. 살아 있는 꽃을
소포로 보내는 사람이 어디 있단 말인가.

230

생명을 지닌 꽃을 왜 그토록 학대하는가.

네덜란드나 영국 같은 나라라면 또 모르지만,

우리나라와 같이 우편제도가 아직도 엉성한 곳에서는

꽃을 소포로 부친다는 것은 말도 안 된다.

스승이 필기구가 떨어지거나 필요한 물건이 있으면 정신과 의사인 피상순 선생에게 엽서를 보내 부탁하셨대.

그런 까닭에 스승이 피상순 선생에게 붙여준 별호가 문방구담당보좌관이래. 그런데 하도 뭘 부쳐 드리다 보니 한 번은 스승이 노벨 소포상이 있다면 상순이가 후보에 오를 것이라고 하셨다나?

흙탕에서 피어나는 연꽃처럼

처염상정處染常淨, 온갖 것이 뒤섞인 흙탕에서 피어나지만 더러워 지지 않는 연잎과 연꽃을 가리키는 말이야. 그와 함께 연꽃을 꾸 미는 말이 하나 더 있어. 화과동시花果同時, 꽃과 열매가 한꺼번에 피 고 맺히는 꽃으로 삶과 죽음이 다르지 않고 물질과 빈 것이 함께 한다는 뜻을 드러내는 말이야.

2015년 2월 '붓다로 살자' 얘기마당에서는 과연 '붓다로 살자'는

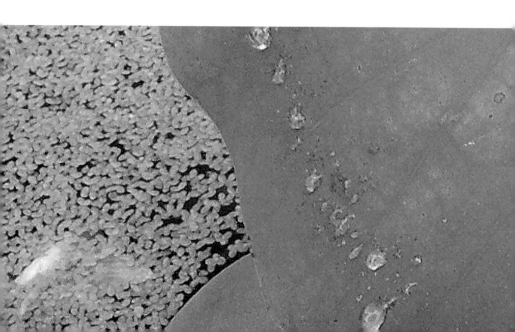

말이 맞는가를 가지고 얘기바람을 일으켰어. 붓다는 우리와는 남다른 분이이어서 아무리 몸부림쳐도 같아질 수 없다고 여긴다면, 붓다로 넘치는 누리가 되지 못할 것이야. '붓다로 살자'는 말씀은 '본디 붓다'란 말씀에서 나왔어.

붓다씨앗에서 태어난 이들은 모두 붓다이니. 다만 어떤 씨앗이든 흙을 만나지 못하면 씨앗인 체 머물지만, 흙에 묻혀 물과 어울리고, 햇볕과 놀고, 바람과 춤추며 움을 트고 자라 오르지. 그렇기

에 너와 더불어 살아가기를 옹글게 빚어갈 수 있는 힘이 내게, 네게 있음을 알아차리고 어울려 살아가는 이가 바로 붓다.

누리는 크고 힘 있는 것이 굴려가는 게 아냐. 고만고만한 것들이 어우렁더우렁 움직이며 돌려가. 목숨 수만큼 쓸모와 남다름이, 그리고 있음이 받아들여지는 누리여야 해. 그러니 누구라도 제 빛깔과 향기를 한껏 품으며 서로 어우렁더우렁 나누며 살아야 하지. 그러나 누구라도 없는 것은 나눌 수 없어. 고타마 붓다를 비롯한 앞서간 많은 스승들도 이 누리에 있는 것과 있는 것을 엮어 새로움 빚어 나눴지 없는 걸 나눈 적은 없지.

불상이나 십자가에 종교가 있다고 여기지 않아. 교회나 절에서 나가 예수와 붓다 모시는 법을 배웠으면, 어지러운 세상에서 펄펄 살아 숨 쉬는 예수와 붓다를 떠받들며 살아내야 해. 예수는, 붓다는 바로 곁에 있는 이와 길에서 마주치는 사람들이야. 붓다다움은 목마를 때 물 주기로 내 안에 고스란해. 고타마 붓다는 한 사람이면 돼. 사람이라면 누구나 저마다 제 빛깔과 향기를 품으며 낱나에서 온나로 나가야 하지.

"사람 위에 사람 없고 사람 아래 사람 없다!"

2,600여 년 전 고타마 붓다 선언이야. 이 밑절미, 가온(중도)에서 "너를 살려야 내가 살 수 있다"는 연기법에 닿아. 이에 따라 사는 이가 바로 붓다이고. 몸 살림 바탕에서 뜻을 세워 흔들리지 않고, 꿋꿋이 이어가는 것을 가리켜 갈등, 번뇌를 여윈 힘, 누진통漏盡通, 또는 무루통無漏通을 갖춘 붓다야. 문제는 이 힘을 고타마 붓다가 아닌 다른 이들은 갖기 어렵다고 보는 데서 생겨. 어찌 감히 우리가 번뇌를 여읠 수 있단 말이냐고 여기는데 그렇지 않아. 옹근 뜻을 가진 이라면 세운 뜻에서 물러섬이 없어. 이를 우리말로 하면 '줏대 세움'으로 흔들림 없이 나아감을 가리켜. 붓다다움, 다가설 수 없는 것이 아니라 누구나 붓다다울 수 있으며, 붓다다움을 제대로 꿰뚫어 보며 살아내는 이들은 누구나 붓다지.

'성찬 드세요'와 '공양 주세요'

"저는 스님을 찾아가면 '공양 주세요.'라 하고, 스님이 저를 찾으시면 '성찬을 들자.'며 서로 상대 종교 용어를 썼어요."

이해인 수녀님이 스승을 떠올리며 한 말씀이야. 이 말씀이 아주 실감나는 풍경이 하나 더 있어.

어느 해 도예가 김기철 선생 전시회 날 하루 벌어진 풍경이야. 그날 스승이 오신다는 말을 듣고 이해인 수녀님이 성당에 다니는 어머니들과 전시회장을 찾았대. 그런데 불자들은 한결같이 이해인 수녀님에게 달려가 사인을 해달라고 하고, 성당 다니는 엄마들은 스승께 몰려들어 사인을 해달라고 하는. 그야말로 가슴이 다사로워지는 진풍경이 아니야?

인세는 다 어디로 갔을까?

스승이 원적에 들자 언론들 눈길은 그동안 많은 책을 펴낸 스승 인세에 모아졌어. 내가 스승 다비준비위원이니 아, 흔히 어른들이 가시고 나면 장례준비위원회를 만드는데 스승께선 검은 장례의식 따윈 치르지 말라고 하셨으나, 다비는 해야겠기에 다비준비위원회를 만들었어. 그래서 다비준비위원이면서 부대변인을 맡았어. 언론에 소식을 알려야 하니까. 그러다 보니 언론이 궁금해하는 것이 뭔지 들어 알게 되었어. 그래서 이렇게 말을 했어. 싸고 싼 뭉치에 생선이 들었으면 비린내가 향이 들었으면 향내가 나지 않겠느냐고. 어른이 오른손이 한 일을 왼손이 모르게 하셨더라도 두고두고 그 향기가 번질 것이라고 했지.

《무소유》 출판으로 스승이 처음 받은 인세는 50만 원, 윤청광 선생에 따르면 그때 평수가 큰 집 몇 채나 살 수 있을 만큼 큰돈이었대. 그런데 스승은 돈 봉투를 뜯어보지도 않고 장준하 선생 유족에게 건네셨어. 큰 따님 시집보낼 돈이 없다는 딱한 얘기를 들

237

고. 그 밖에 진명 스님이 스승이 건넨 장학금으로 대학을 나왔고 초당대학교 문현철 교수와 그 벗들이 있으며 맑고 향기롭게 장학생들을 비롯해 많은 이들이 따뜻한 스승 그늘 아래서 학문을 하고 살아갈 힘을 얻었어. 스승 영향으로 출가를 한 이들도 적지 않아.

그렇게 당신이 쌓은 덕은 남에게 되돌리는 '회향'하시고 책 몇 권과 차 한 모금, 트랜지스터라디오로 듣던 음악 그리고 밭 몇 평이 가진 모든 것이었어.

정작 당신 병원비는 빌려 쓸 수밖에 없었어. 그래서 난, 스승을 떠올릴 때마다 다 주고 나서 그루터기만 남은 '아낌없이 주는 나무'를 떠올려.

천불교 교주

"지금은 계단이 한 쪽으로 나 있지만 처음엔 계단이 정면으로 나 있었거든요. 그러다 보니까 사람들이 똑바로 올라오는 모습을 맞닥뜨리는 게 거북해서 계단을 옮겼어요. 샤워실도 하나 만들었는데 처음 목욕을 한 분이 천주교 수사였어요. 그래서 천주교 목욕탕이라고 불렀지요."

대원사 회주로 있는 현장 스님 말씀이야.

스승은 다른 종교와 교류가 활발하셨어. 불교라는 틀, 수행자라는 상相이 없이 사셨지. 불일암에는 불자들 못지않게 스님 책을 읽고 감동한 천주교 신자들이 많이 찾아왔대. 스님은 그이들이 하는 얘기를 귀 기울여 들어주고 그이들 눈높이에서 이야기를 나누셨어. 스승은 그이들을 천주 보살이라 부르셨어. 시간이 흐르면서 그이들은 스스로를 천불교 신자로 부르곤 했대.

스승은 유럽 여행을 하면서 장익 주교 도움으로 베네딕도 성인 수행처인 수비아코를 참배하며 성 베네딕도 수도규칙을 맑고 향기롭게 소식지에 소개하기도 했어. 스승이 존경하던 프란체스코 성인이 살았던 아씨시를 둘러보면서 인도 불교성지를 참배할 때 못지않게, 아주 크나큰 성스러움과 존경심이 우러나왔다고 고백하셨을 만큼 벽이 없으셨어. 그런 까닭일까. 스승을 천불교 교주쯤 된다고 농을 하는 사람들이 여럿 있어.

마리아 관음

　기독교신자인 작곡가 나운영 선생이 찬불가를 만들고 나서 기독교계가 발칵 뒤집을 때였대. 길상사 관음상을 조각한 최종태 선생은 관음상이 당신 조각 완성이라는 마음이 있었기에 여기저기에 관세음보살상을 빚고 싶다는 말씀을 했지만 누구 하나 썩 나서는 사람이 없었어.

　모두 불상이나 보살상은 전통에서 흘려 내려온 것이 아니면 안 된다는 틀에 갇혀 있기 때문에 다르게 한다는 것은 상상도 못 할 일이었을 거야.

　그리고 한참 지나 이 얘기가 동화작가 정채봉에게 들어가고 정채봉 선생이 스승에게 얘기 드리면서 일이 급물살을 탔어.

　"내가 만들면 현대조각으로 내 작품으로 만든다는 얘기인데 그게 만만치 않은 일이란 것은 다들 아는 이야기이고, 법정 스님한테 이야기를 드린 것은 '그분이면 할 수 있지 않을까?' 하는 마음을 가진 이들이 생각을 전해 맞아 떨어진 것입니다." 얘기를 들은 스승은 바로 "합시다!" 하고는 인사차 최종태 선생 댁을 찾으셨어.
1999년, 스승은 이렇게 만들어달라는 말씀이 한 마디도 없으셨대.

첫날 최종태 선생 댁을 찾은 스승에게 최 선생은 이렇게 물었어.
"관음보살이 들고 있는 병은 무슨 병입니까"
"정병淨甁입니다."
"머리에 쓰고 있는 관은 무슨 관입니까?"
"화관花冠입니다."
"손은 왜 들고 있습니까."
"구고救苦입니다."

단 세 마디 묻고 답을 했을 뿐으로 다음 날 일을 시작했는데 세
시간쯤 흙을 붙이고 나니 다 되었다 싶으셨대. 그래서 최종태 선생
이 당신 보기에도 좋아서 길상사에 전화를 하셨어.
흔히 덕조 스님이 받는데 그날은 공교롭게도 스승이 그 방에 앉
아 계셨던지 바로 받으셨대. 최 선생이 당황해서 "관음상 흙을 붙
였는데 다 되었습니다."
당신도 모르게 그랬는데 "그런가요? 지금 가겠습니다." 그러셨
대.

최 선생이 또 당황해서 "그게 아니라 제 감으로 된 것 같다는 말씀입니다. 며칠 걸릴 테니 연락할 것이니 그때 오십시오!" 그랬대.

스승은 "관세음보살과 성모마리아는 그 상징성이 같다."고 말씀하시며 "그저 곱기만 해서 좋은 불상은 아니다. 불상은 그 시대 작가 눈길로 재조명되고 창작돼야 하는데 그동안 불교계는 너무 융

통성이 없었다. 그러던 차에 최종태 선생이 고통과 기쁨이라는 양면을 지닌 자비로운 관음상을 한눈에 알아볼 수 있도록 잘 드러내 주어 고마울 따름이다. 또 이를 성모님 이미지와 조화시킨 것이 돋보인다."고 하셨어.

2000년 4월 관음재일 점안식에서 불모 최종태 선생은 짧은 인사에서 "땅에는 경계가 있지만 하늘에는 경계가 없습니다. 땅 위에 있는 모든 종교가 울타리를 허물면 한마당이 될 것입니다."고 했지.

내가 최종태 선생을 뵈었을 때 선생은 "스님과 내가 뜻이 맞아 길상사 절 마당에 관음상이 만들어졌습니다. 이 억겁 시간 속에서 우리 두 손이 잠깐 하나로 만나서 한 형상이 태어났습니다."라고 하시며 "스님은 가시고 빈 마당에 지금도 서 있는 내 석조관음상은 조금 외롭게 보이지만 지금도 열심히 웅변하고 있다."며 "종교 간 문제와 현대 종교미술, 불교미술 역사 얘기를 끝없이 하고 있다."고 말씀하셨어.

산만 보면 국이 없는 밥을 먹는 느낌

산은 고요와 침묵으로

사람에게 명상 씨를 뿌려주고

드넓은 바다 출렁거림은

꿈과 움직임을 만들어낸다.

우리 삶에는 산만 있고

바다가 없어서는 안 될 것이고,

또한 바다만 있고 산이 없어서는

균형 잡힌 삶을 이룰 수 없다.

산이 지닌 부성과 바다 요소인 모성이

조화를 이룰 때 삶은 생기를 잃지 않을 것이다.

스승은 산만 보고 살면 국 없는 밥을 먹는 것 같은데, 바다를 보면 마치 국이 있는 밥을 먹는 느낌이라 하실 만큼 어느 한쪽으로 쏠리지 않고 어울려 살아야 부처로 사는 길이란 말씀 늘 하셨어.

청매

스승이 좋아하셨던 꽃은 백련을 비롯해서 수선화, 동백을 비롯해 적지 아니 많은 꽃들을 좋아하셨지만 뭐니 뭐니 해도 매화, 그 가운데서도 청매가 아닐까 싶어.

"매화나무 밑에 보리를 심었어요. 파릇파릇한 보리치마폭에 송 골송골 맺힌 이슬 위로 하얀 매화꽃잎이 날려서 곱다라니 왕관을 씌워요. 하얀 매화저고리와 파란 보리치마 사이를 하얀 티셔츠 차림으로 거니는 스님은 그대로 '학'이셨어요. 스님은 하얀 땅콩죽에 백김치를 좋아하셨어요. 하얀 땅콩죽에 하얀 김치를 놓고 스님이 하얀 티셔츠를 입고 드시는 모습이 마치 외로운 학 한 마리가 앉아서 밥을 먹는 모습이에요."

광양에서 청매실농원을 하고 계신 홍쌍리 선생 말씀을 듣고 있 노라니 마치 선화 한 폭을 보는 듯한 느낌이었어. 그러면서 떠오른 시가 율곡 이이 선생이 읊은 '매화가지에 걸린 밝은 달'이야.

매화는 본디 환한데

달빛이 서려 물결 같구나.

서리 눈에 흰 살결 곱게 드러나

맑고 차가움이 뼈에 스미고

마주보며 마음 맑히니

이 밤 찌꺼기 하나 없네.

"일 년에 서너 번. 두 번은 꼭 오셨어요. 꽃이 한 송이씩 필 때면 말씀 안 드려도 오세요. 그리고 꽃이 활짝 피어 바람에 휘날려 떨어질 때도 우찌 그리도 잘 아시는지. 꼭 때맞춰 오셨어요."

템플스테이 절 누림터가 돼야

동국역경원에서 스승을 모시고 불경을 쉬운 우리말로 풀어내는 일을 했던 돈연 스님은 1979년 송광사로 내려오라는 스승 부름을 받고는 송광사에 내려가 교육을 맡았어. 그때 돈연 스님은 수련회를 맡아 절을 출가자 중심에서 재가자들도 함께하는 수행도량으로 탈바꿈시켰어.

교육 원장이던 스승을 모시고 참가한 학생 모두에게 승복 해 입히고, 발우공양을 시키고, 법문 듣고, 참선도 하게 만들어 수련회에 새 바람을 불러 일으켰어. 그 뒤로 송광사 수련회는 수련대회 기준이 되었지.

"템플스테이 원조지."

1993년 스승은 노일경 목사 부부에게 선禪 수련회에 동참해보라고 권하셨어. 노 목사 부부는 일주일 동안 송광사에서 선 수련을 했지. 이 일이 노일경 목사가 평소 자기 종교에서 느꼈던 갈증을

푸는 계기가 되었대.

사람이 살아가는 데 한 종교가 있어야 하는데 출가자 중심이 아
니라 재가자 중심이 되어야 한다, 모든 수행자는 따로 직업을 가
져야 한다고 생각하는 돈연 스님. 수도자라 부르든 목회자나 성직
자라 부르든 그것이 직업이 되어서는 안 된다고 말씀하셔.

"수행은 누구라도 저마다 제 삶터에서 자투리 시간에 하면 돼요.
재가자로 만들어진 수행이 보다 더 뜻이 깊다고 봐요. 그러니까
문을 활짝 열자. 다 열어놓고 힘닿는 대로, 할 수 있는 만큼 해야
지, 권력이 되어서는 안 된다는 말씀이에요. 송광사를 가든 해인사
를 가든 절에 가면 좋잖아요. 그런데 70퍼센트가 예배드리는 곳이
에요. 사람이 누리는 데는 한 20퍼센트나 되려나요? 예배 시간이
얼마나 되나요? 그런데 예배드리는 시간 빼고 나머지 시간엔 모두
죽어 있어요. 국사를 모셔놓고 한 해에 한두 번 재를 지내요. 그곳
을 그냥 놔둬서야 되겠어요? 사람들이 와서 자고 가게도 하고, 누
리고 잔치도 하도록 해야지요. 쓸모없는 곳이 넘쳐나는데도 자꾸
뭔가를 지어대요. 살려 쓸 방법을 찾지 않고."
어디 그뿐이겠어? 산중 절은 절마다 가지고 있는 산이나 논밭이

적지 않아. 그런데 밭농사든 논농사든 산농사든 짓는 이가 없어 놀고 있는 데가 많은데, 거기서 농사를 지으며 수행하듯이 살겠다는 재가자가 있으면 열어줘야 해. 그런데 땅이 얼마나 있는지도 알지 못하도록 꽁꽁 싸매고 있으니 딱한 일이야. 절 살림은 출재가자가 한데 어우러져 어우렁더우렁 누리는 누림터가 되어야 해.

현대판 호계삼소 강원용, 김수환, 법정

강원용 목사님과 김수환 추기경, 그리고 법정 스님은 우리 시대 세 종교를 대표하는 큰 어른들이셨어. 강원룡 목사님이 크리스천 아카데미를 세워 종교끼리 얘기바람을 일으키셨지. 그 덕분에 종교끼리 만남이 늘어나면서 벽을 허물고 사이좋게 사는 큰 뜻을 이룰 수 있었어.

중국 남북조 시대 호계삼소虎溪三笑로 널리 알려진 분들이 있어. 도교를 하는 육수정, 유교하는 도연명, 절집 안 혜원 법사가 그 주인공이야. 그러나 실제 역사에서는 함께 어울리지 못한 사람들이었어. 중국 역사에서 호계삼소虎溪三笑라는 옛 얘기가 만들어진 것은 그때 이미 유, 불, 선 세 종교 드잡이가 그치지 않았다는 얘기이기도 해. 지금 사람들이 바라는 것은 세 종교가 사이좋게 앓는 사람들에게 손을 내밀어주고 든든한 버팀목이 되어 주는 것이겠지. 가마솥을 받쳐주는 세 발처럼, 발이 셋 달린 까마귀가 썩은 고기를 먹어 치우듯 세상 썩은 부분을 도려내는 참된 종교 구실을 기

대하지 않았을까 싶어. 그 오랜 터무니에서 이루지 못한 종교 화

합을 이루어 낸 세 어른 앞에 다시 큰 절을 올려.

여
울
지
기

다섯. 기

불교는 과거나 미래에 있지 않습니다. 법은 과거나 미래에 있는 것이 아닙니다. 그때 당장, 그 자리, 오늘

바로 이 자리입니다. 오늘 우리가 참선하고 기도하고, 염불하고 주력하는 것은 바로 지금 이 순간에 하는

겁니다. 사는 일도 마찬가지입니다. 내일은 없습니다. 어제도 없습니다. 늘 지금, 바로 이 자리입니다. 지금

이 자리를 떠나서는 아무것도 없습니다.

스님 불 들어갑니다

어떤 시커먼 장례의식도 말라. 애꿎은 나무를 새로 베지 말고 오두막에 남은 땔감으로 태워라.

그 말씀을 따를 수 없었어. 사람 키 높이만큼 쌓인 눈 때문에 오두막에 들어가는 길이 막혀

"스님 불 들어갑니다!"

마지막 짧은 한 마디를 끝으로 제자들은 장작더미에 불을 사렸어.

"아름다운 마무리는 첫 마음으로 돌아가기"라고 하신 스승은 그렇게 온 곳으로 되돌아서셨어.

할아버지처럼 따뜻하고 인자하시다

뉴욕 불광선원 수계법회에 오셨던 스승은 맨해튼에 있는 어느 서점에 가보고 싶다고 하셔서 혜민 스님이 모시고 갔었대. 서점에 들어서신 스승은 "혜민 수좌, 공부하면서 필요한 책들 골라와. 내가 사줄 테니까." 그러셨대.

웬 횡재냐 싶은 혜민 스님이 8권이나 골라가지고 두 손에 수북이 얹어가지고 가다가 은사 스님과 딱 눈이 마주쳤어. 은사 스님은 고개를 가로 저으시면서 '한 권만!' 이러셨대. 고르란다고 눈치도 없이 그렇게 고르면 어떻게 하느냐는 말씀이지. 그 얘기를 들은 스승은 "괜찮아, 모두 사줄 테니 다 가져 와." 그러시면서 여덟 권 값을 다 치르셨어. 절로 돌아온 스승은 책 여덟 권을 다 가지고 오라고 하시곤 한 권 한 권마다 '이 책으로 공부 열심히 해서 좋은 스님이 되라.'는 것 같은 덕담을 써주며 사인을 해주셨대. 배운다는 것을, 뭘 하려고 한다는 것을, 글을 쓴다는 것을 두 손 들어 반긴 어른이시니 그러실 만도 하셨을 거야.

"스님이 들고 오신 책 몇 권에도 앞으로 어떻게, 어떻게 살라는 좋은 말씀을 써주셨어요. 은사 스님이 아버지같이 엄격했다면 법정 스님은 할아버지처럼 따뜻하고 인자하셨어요."

내가 어떻게 가는지 봐라

살아계실 적부터 스승 영향을 받아 출가한 사람들이 아주 많아. 한 사람 삶을 바꾸어 놓으셨지. 그런데 마지막 가시는 길 우레 같은 울림으로 절집 문턱이 더욱 낮아졌어.

스승은 살아계실 때 "내가 어떻게 가는지 봐라." 잘라 말씀하셨어. 여러 번 입적 전날 제자들이 물었어. "스님, 절로 가시겠습니까?" 고개를 끄덕이셨대. 그렇게 당신에게 엄격해 하루도 묵지 않았던 길상사로 가는 것을 허락하셨어. 실은 강원도 오두막으로 가시길 바라셨어, 그곳에서 눈을 감으면 바로 다비를 하라고 하셨는데, 강원도에 눈이 많이 내려가실 수 없다니까 하는 수 없이 길상사로 가도록 한 거지.

길상사에 머문 적이 없었던 어른. 내 절이 아니라며, 내가 묵으면 주지가 제 구실을 할 수 없다고 단호히. 밤 11시가 넘어서도 강원도 오두막으로 떠나셨지. 눈이 와서 오두막까지 가지 못하는 날에는 산 아래 화전민 농가 신세를 지는 한이 있더라도 기어이 절을 떠나셨어. 2010년 3월 11일 낮 12시 30분 길상사에 닿은 스승은 절에 왔다고 말씀드리자 눈가가 촉촉해지셨어. 그리고 오후 1시 51분 제자들에게 둘러싸여 눈을 감으셨어.

그렇게 원적에 드시고 길상사에서 하루를 묵고 널도 없이 평상에 누워 홑청처럼 얇은 가사 하나 덮고 나오시는데 그날 따라 몹시 추웠어. 법구 뒤에 따르는 불자들은 "아이고, 우리 스님 추우시겠다. 널에도 안 드시고⋯⋯." 소리죽여 울었어. 흔하디흔한 만장 하나 없이 꽃 한 송이 올리지 않고 '비구 법정' 위패 하나 앞세우고 그렇게 불에 드셨어.

아름다운 마무리를 하고 떠나는 스승 모습에 사람들은 감동했어. '삶을 어떻게 마무리해야 할까?' 스승이 원적에 드신 뒤, 몇몇 스님들은 '우리도 꽃 받지 말고 부조금 받지 마라.'며 따라 하고, 사람들이 짐을 하나 내려놓았어.

소리 없는 소리, 우레 같은 침묵이었지.

죽고 사는 경계, 원래 없어

2012년 광주 무각사를 찾았어. 길상사 초대 주지였던 청학 스님을 뵈러 갔지. 무각사에 들어서니 정갈한 도량에 무엇보다 불자들 태도가 남달랐어. 이 절이 바로 친절이구나 싶게 공양이 살짝 지난 시각이었지만 스님께 말씀을 들었노라며 말끔한 떡국에 정갈한 밥상을 받았어.

공양 뒤 만난 청학 스님은 두 번째 천일기도를 하고 계셨어. 기도 중이니 인연 얘기는 좀 조심스럽다며 뒷날 때가 오면 나누자고 했어.

나눈 얘기 몇 마디 가운데 새겨야 할 얘기는 이거야.

스승이 원적에 드시기 전에 광주에서 올라온 청학 스님 손을 꼭 쥐셨다고 했어. 나도 세 차례 병상에 갔을 때 뵙기를 마치고 돌아설 때 손을 꼭 쥐시곤 길상사와 맑고 향기롭게 살림을 잘하라고 하셨지. 그때는 내가 절도 맑고 향기롭게도 새로운 이들에게 맡기고 떠나 있는 것이 살림이라 여겨 산에서 내려왔어. 아무튼 객쩍은 얘긴 그만두고

청학 스님이 갔을 때 마침 스승이 목에 가래가 차서 말씀하기 어려우실 때라서 글씨를 써서 여쭈었대.
"죽고 사는 경계가 어떠십니까?"
"원래부터 없어."라고 하셨다는
얘기 한 마디 듣고 돌아서는 발걸음이 가벼웠어.

입양아

스승은 우리나라에서 태어난 아기들을 우리가 기르지 못하고 다른 나라로 떠나보내는 것을 몹시 마음 아파하셨어. 글도 여러 번 쓰셨지. 프랑스 유학생이 입양아를 만나 얼렀던 얘기며, 비행기 안에서 입양아를 데리고 가는 사람들 모습을 담은 글을 쓰곤 하셨지. 그 가운데 프랑스 유학생이 프랑스로 입양 간 우리 아이를 돌봤던 얘기를 가까운 분이 편지로 써서 스승께 보냈다는 것이 기억에 오래 남아.

편지에는 프랑스 유학생이 대학 학생과에서 한국 학생을 찾는다는 연락을 받고 찾아갔더니 어떤 프랑스 사람 집으로 가봐 달라고 하더래. 아르바이트를 하며 어렵사리 공부하는 처지지만 시간을 쪼개어 가봤다고 해. 여느 집처럼 평범하기 그지없는 부부가 반갑게 맞으면서 한국 학생을 찾는 까닭을 이야기했어.

"지난주 한국에서 어린애를 데려왔는데, 잘 먹지도 않고 울기만 해서 여간 난처하지가 않아요. 당신들은 어린애를 어떻게 달래며,

261

어떤 노래를 들려주나요?"

  여학생은 태어난 지 여섯 달도 채 안 된 아기를 안고 한손으로
다독거리면서 "아가, 아가 울지 마라, 우리 아기 착한 애기 울지 마
라 우리 아기, 자장자장 우리 아기 울지 마라 예쁜 아기 자장자장
우리 아기……." 자장가를 불러줬대. 그랬더니 거짓말처럼 금세 그
쳤다네. 그 뒤로 그 학생은 주말마다 몇 차례나 그 집에서 가서 아
기를 달래주고, 자장가를 녹음해줬다는 얘기로 끝맺은 편지를 읽
으며 스승은 뜨거운 눈물을 흘리셨다고 털어놓으셨어. 제 어머니
나라에서는 아무도 받아주지 않아 낯선 나라로 떠나가는 어린 목
숨을 볼 때마다 눈물바람을 하던 스승이니 이따금 그 모습을 떠
올리며 마음 아파하셨을 거야.

  길상사가 자리 잡히고 나서 스승은 시민모임 맑고 향기롭게 이
사회 때 입양아를 돌볼 방법을 찾아보라는 말씀하셨어. 그리고
2005년 제7회 사랑과 화합이란 주제로 성가정입양원 돕기 길상음
악회를 열고 나시더니 급기야 우리가 집을 하나 얻어 한 아이라도
데려다 기르면 어떻겠느냐고 말씀을 꺼내셨어. 그러나 이사들은
무척 조심스러워하며 엄마 없이 아이를 기르는 일이 쉽지 않은 일

이라며 고개를 저었지. 스승이 회의를 이어가는 모습은 지극히 자연스러웠어. 무엇이든 모든 이사들이 마음을 모아 결정해야지, 어른이라고 해서 당신 뜻대로 하려는 생각을 손톱만큼도 하지 않으셨어. 언제나 합의에 따라 결정에 이르도록 하셨지. 그러나 그때 그 결정은 못내 안타까웠어.

그 이듬해인 2006년 우리나라에 '입양의 날'이 처음 생겼어. 5월 11일, 우리 아이는 우리가 키우자는 뜻에서 빚은 기념일이지. 2011년 5월 맑고 향기롭게 소식지에 아이를 9명이나 입양한 한국입양홍보회 회장 한연희 씨 인터뷰 기사를 실었어.

그때 한연희 씨에게 당신이 나은 아이까지 열 아이나 기르면서 돈 걱정이 많지 않았느냐고 물었어. 그랬더니 자식을 가슴으로 낳은 엄마 한연희 씨는 "거듭 적자 인생이죠. 그러나 평생 전세방에 사는 이들도 있고, 사업을 하다가 망해서 월세방에서 사는 사람들도 있잖아요. 누구도 빈손으로 가지 말라는 법도 없는데 우리가 있는 힘껏 애써 죽을 때 빈손으로 가면 좀 어떠냐? 열심히 살아 국민연금이나, 조그만 보험이라도 들어 있으니 장례비는 나오지 않겠느냐? 우리가 다른 사람 때문에 이렇게 됐다면 더없이 억울하

겠지만, 스스로 가난하게 살기로 굳힌 삶이니 부담은 없어요."라고
함박웃음을 지었지. 스승 말씀처럼 스스로 가닿은 맑은 가난.

한국입양홍보회는 2000년 1월 15일, 국내 입양을 한 열두 가정
이 모여 빚었어. 그렇게 움틔운 모임이 이제는 천 가구가 넘는 가
정이 어울려. 모인 숫자보다도 사회가 가지고 있는 입양인식을 바
꿔놓았다는데 보람을 둔대. 언론이 보도하면서 입양의 날도 세우
고, 2007년도는 국내입양이 국외입양보다 더 많아지는 놀라운 일
이 벌어졌어.

뱀다리 하나 보태. 2013년 7월 딸아이가 유기견 보호소에 있는
말티즈 한 마리가 '염통사상충'이라는 질환 때문에 며칠 안으로
죽을 처지에 놓여 있다며 데려오자고 조심스레 말을 꺼냈어. 어려
서 개와 닭, 토끼와 함께 살아본 뒤로는 가축을 가까이 해본 적이
없어서 안 된다고 했더니 애처로운 사진을 보여주면서 제발 살려
만 주자고 조르기에 못 이기고 데리고 왔어. 처음에는 애랑 앞으로
어떻게 사나 싶었고, 어색하기도 했지만 애가 똥오줌을 잘 가리고
아주 깔끔하게 구는 것이 참 신기하고 한편으로는 고마웠어. 동물
병원 의사 말에 따르면 홍역을 아주 되게 앓아 이빨이 많이 빠져

성글고 어금니조차 없어서 고생을 많이 한 아이 같다고 했는데.

 어느새 함께 산 지 한 해하고도 또 반해가 지났네. 우울증 증세가 조금 있는 아내가 얘 덕분에 웃을 때가 많아졌어. 웃음이 느니 찡그릴 일이 줄어들었어. 웃으면 웃을 일이 생긴다는 옛말이 틀리지 않다는 걸 실감해. 사람이건 가축이건 새 식구를 들이는 일이 쉽지 않은 일이긴 하지만 누릴 수 있는 것이 적지 않으니 복된 나날이야.

그럼 길상사로 오면 되지

스승은 원적에 들기 이틀 앞두고 사촌인 현장 스님 어머니를 만나셨어.

"처녀 때 팔팔한 기상이 그대로네."
"다음에 보고 싶으면 어떻게 해?"
"불일암으로 와."
"다리가 성치 않아 불일암엔 못 가."
"그럼 길상사로 오면 되지."

곧 시공간을 버릴 스승은 담담하게 말씀하셔. 삶과 죽음이 다름이 없다고 말씀하신 어른답게. 이 말씀을 전해 듣고 그 은근함이 언젠가 당신이 말씀하셨던 대로 달 같은 해처럼 느껴졌어.

육지 메뚜기도 말 못 해

　스승이 제주도에서 농장을 찾았는데, 농장 주인이 메뚜기 때문
에 농사를 망쳤다면서

　"스님, 제주도 메뚜기는 말도 못합니다." 했어.

　스승은 "응, 육지 메뚜기도 말은 못 해."라고 하셨어.

　하하하 깔깔깔.

이 집엔 아이스크림 같은 건 없나?

스승과 40년 세월 넌지시 바라보며 지닌 순정한 사이셨던 장익 주교님이 스승이 원적에 들기 얼마 전 이월 하순 스승이 입원하신 병원을 찾으셨어.

"이월 하순인가? 병원에 가서 뵈었어요. 실내가 덥고 건조하니까, 법정 스님이 '이 집에 아이스크림 같은 건 없나?' 그러셔. 허허. 스님은 뭐 벌써 다 놓고. 담담하시더라고요."

병상에서도 장익 주교님 말씀처럼 넉넉함을 잃지 않으셨던 스승 늘 상대에게 웃음꽃을 선사하셨어.

아이스크림 얘기하니까 떠오르는 얘기가 있어. 스승을 자주 모시고 다니던 지묵 스님한테 들은 얘긴데, 먼 길을 모시고 다니다 보면 휴게소에 들를 때 스승은 이따금 "묵 수좌, 아이스크림 먹고 싶지 않아?" 하고 물으셨어. 그런데 별로 단 것을 좋아하지 않던 지묵 스님은 뚝뚝하게 "아뇨, 먹고 싶지 않은데요."라고 했대. 어떨 때는 "묵 수좌, 사이다 먹고 싶지 않아?" 하고 물으셔도 "저는 먹고 싶지 않아요." 했다는군. 캄캄 절벽이던 지묵 스님 한참 뒤에야 가까운 보살한테 "스님이 나를 애로 보나 봐요. 가끔 아이스크림 먹고 싶으냐고 묻지를 않으시나, 사이다 마시고 싶지 않느냐고 묻지를 않으시나?" 했어. 그랬더니 그 보살이 깔깔 웃으면서 "아이고, 스님 왜 그리 눈치가 없으세요? 그건 어른 스님이 드시고 싶다는 말씀이잖아요." 그제야 속뜻을 알아채고는 스승이 "아이스크림 먹고 싶지 않아?" 하고 물으시면 "아이고, 스님 어찌 아셨어요? 제가 그걸 먹고 싶은 줄 눈치가 99단이세요. 스님은." 했다더라고. 하하.

법정 그는 누구인가 1

먼저 선 수행자이며 명상가 법정

둘째 경전 번역가 법정

셋째 문필가 법정

넷째 민주화 운동가 법정

다섯째 불교 개혁가 법정

여섯째 자연주의자이며 생태 철학가 법정

일곱째 무소유 전도사 법정

여덟째 아름다움을 추구한 미학가 법정

아홉째 차를 사랑한 다인 법정

열째 종교 벽을 허문 본보기 법정

맑고 향기롭게 이사장이던 현장 스님이 그린 스승

서양사회에서 종교교류에 앞장서는 달라이 라마는 우리나라 여성 수도자 모임 삼소회원들을 만난 자리에서 제 종교에는 신념을 가져야 하지만 이웃 종교를 존중하는 마음을 잃지 않아야 한다고 했어.

종교 교류가 깊어지는 다섯 가지 방법을 이야기해.

첫째, 종교학자들끼리 학술세미나로 만나고
둘째, 종교 수도자들이 서로 영성체험을 나누고
셋째, 종교 지도자들이 거듭 만나며
넷째, 이웃종교 성지를 순례하는 기회를 갖고
다섯째, 사회 문제에 종교가 머리를 맞대고 힘과 슬기를 모으는 것

스승은 달라이 라마가 내놓은 다섯 갈래에 꼭 들어맞게 실천하

여 종교교류에 큰 본보기가 되셨어.

현장 스님은 불일암에서 스승을 모시고 살 때 기억을 되살려 보면 스승은 불자들보다 천주교나 기독교인들에게 훨씬 마음으로 보듬어 안는 걸 느꼈대. 스승 글을 읽고 많은 사람들이 불일암을 찾아왔는데 그 가운데서도 천주교인들이 많았어. 그이들을 스승은 '천주 보살'이라 부르시고 시간이 흐르면서 그이들은 스스로를 '천불교 신자'로 부르곤 했어. 그러니까 스님께서는 뜻하지 않게 천불교 교주가 되신 셈이지. 또 하나 유럽 여행 길 장익 주교 도움으로 베네딕도 성인 수행처인 수비아코를 참배하며 묵상에 잠기시고 성 베네딕도 수도규칙을 맑고 향기롭게 소식지에 소개하기도 하셨어. 또 스님이 존경하던 프란치스코 성인이 사시던 아씨시를 둘러보면서 마치 인도 불교성지를 참배할 때처럼 아주 크나큰 거룩함과 존경심이 우러나왔다고 털어놓으셨지.

그래서 본래 붓다

　말년에 스승은 부드러움이 넘치셨지만, 처음 뵈었을 때만 해도 퍼렇게 날이 선 칼 같아 가까이 가면 베일 것 같았어. 그리고 어쩌다 스님과 눈길이 마주치면 날카로운 검사처럼 "너 가짜지!" 하실 것 같아 웅크린 적이 적지 않았어. 그러나 스승을 날카롭게 뵌 건 순전히 내 탓이었어. 옹글지 못하게 살아왔기에, 그걸 들킬까 봐 그랬을 거야.

　대나무가 자라는데 마디와 마디 사이에서 새로운 세포가 만들어져 낱낱 마디 세포가 한꺼번에 자란대. 이를테면 죽순 마디가 50개라면 저마다 2cm씩 자라니까 한꺼번에 1미터나 자라는 것이지. 그러니까 죽순이 올라오고 나면 부쩍 자랄 수 있는 것 같아. 스승 삶에도 이처럼 마디가 적지 않으시련만, 아둔한 내 눈에는 누구나 다 보는 세 마디만 들어왔어.

　해인사 선방에 있을 때, 한 도반이 조실로 계시는 금봉 스님에게 공부 점검을 받으러 가는데 같이 가자고 해서 따라 들어가셨어. 그 도반은 금봉 스님께 화두가 잘 들리지 않는데 어떻게 하면 화두를 잘 들 수 있겠느냐고 여쭸어.

"그래? 무슨 화두를 들고 있는가."

"부모미생전 본래 면목, '부모에게 몸 받아 태어나기 전에 본디 내가 누구였는가?' 화두를 들고 있습니다."

"본래 면목은 그만두고 지금 당장 그대 면목은 어떤 것인가?"

곁에서 듣고 있던 스승은 '앗!' 하며 더 물을 것 없이 방을 나오셨대.

스승은 이렇게 우리 멱살을 거머쥐셨어.

"불교는 과거나 미래에 있지 않습니다. 법은 과거나 미래에 있는 것이 아닙니다. 그때 당장, 그 자리, 오늘 바로 이 자리입니다. 오늘 우리가 참선하고 기도하고, 염불하고 주력하는 것은 바로 지금 이 순간에 하는 겁니다. 사는 일도 마찬가지입니다. 내일은 없습니다. 어제도 없습니다. 늘 지금, 바로 이 자리입니다. 지금 이 자리를 떠나서는 아무것도 없습니다."

모든 것은 이미 그대로 옹글다. 더 보태고 얻어야 할 것 없이. 이미 다 갖춰져 있는데 달리 어디서 무엇을 찾을 것인가. 이제 이대로가 본디 갖춤인데, 어디서 무엇 찾아 갖추려는가. 붓다는 이미 옹글어 늘 이루어지는 사람이야. 그래서 '본래 붓다.'

경전을 돌려준 어른

스승이 해인사에 사실 때, 장경각에서 내려오는 아주머니 한 분이 다가왔어.

"저, 스님 팔만대장경은 어디 있나요?"
"아니, 장경각에서 내려오시는 게 아니세요?"
"그럼? 그 빨래판 같은 것이……?"

'아, 아무리 뛰어난 슬기로움이 넘치는 자비로운 가르침이라도 알아볼 수 없는 글씨로 남아 있다면, 한낱 빨래판에 지나지 않는구나!' 그 깨침이 스승으로 하여금 도탑고 쉬운 우리말로 불경을 풀어쓰게 만들었어. 불교 사전을 만들고, 역경원에서 불경을 풀어 불교성전을 비롯한 수많은 경전을 결고운 우리말로 풀어내셨지. 어디 그뿐인가? 성철 스님, 구산 스님, 광덕 스님을 비롯한 많은 스님들이 경전과 선사 어록을 풀어낼 때나 당신 책을 낼 때 꼭 스승에게 글을 살펴달라고 하셨지. 더욱이 스승은 부처님 목소리가 고스란한 초기 경전 《숫타니파타》와 《진리의 말씀》을 살가운 우리 입말로 되빚어내셨어.

그리스인 조르바처럼 넋이 자유로운 임의진 목사는 2011년 10월 5일 조계종단이 모든 법석에서 한글 반야심경을 염송하도록 한 것을 두고 이렇게 말해.

"전통을 부정하고 새로운 것만 찾아? 절대 아네요. 전통을 가져오되 전통에 들러붙어 있는 세속주의를 걷어내서 오늘 말씀으로 만들어야 해요. 무슨 말인지 모르고 그저 따라 되뇌는 일은 시체 운반이나 다름없죠. 법정 스님이 남다르셨던 까닭은 당신 말씀 그대로 청빈하게도 사셨지만, 무엇보다도 어려운 불교 경전을 누구나 알기 쉽고 따뜻한 현대말로 풀어 들려주신 일이에요."

"한글반야심경을 법당에서 읊게 되기까지 법정 스님 노력이 크세요. 대중이 그걸 바라게 만드셨죠. 저도 그 대중 가운데 한 사람인데 스님이 안 계셨더라면 이 아름답고 오묘한 말씀을 대중들이 가까이하지 못하고, '불교가 어려우니까 내가 풀이해준다'는 거룩한 사람만 넘쳐났을 거예요. 스님은 경전을 우리 모두에게 돌려

주셨어요."

"《숫타니파타》나 《진리의 말씀》을 보면서 이렇게 귀한 말씀이 없구나. 법정 스님이 불교 현대화에 가장 큰 화두를 던진 분이다, 참 큰일 하셨다는 생각을 해요. 그렇지만 스님을 가장 잘 모시는 일은 스님에게 묶이지 않고 살아가는 일이라고 여겨요. 법정 제자로서가 아니라 스스로 제 길을 닦아나가는 일이 스님을 가장 잘 모시는 길이에요. 저는 바깥사람이 아니라고 생각해요. 저도 불자라니까요. 저는 불교도다운 그리스도인이에요."

다음은 길상사 관세음보살상을 빚어낸 조각가 최종태 선생 말씀이지.

"스님은 저희 집에 오실 때마다 책을 한 권씩 들고 오셨는데 한 번은 《진리의 말씀》이란 책을 들고 오셨어요. 토막글이라 읽기도 편하고 아무 데서나 펼쳐서 읽다가 덮으면 되고 한두 편 읽다가 덮으면 부담이 없어 편한 책이었어요. 지금도 머리맡에 꽂혀 있습니다. 이 양반 참으로 대단하다. 글도 딱 떨어지게 빈틈이 없고 시처럼 군더더기가 없고 그 정신 높이가 성인 경지가 아닌가. '성

인 어록이다!' 생각하면서 스님을 존경하게 되었습니다. 그런데 근
년에 알게 된 일인데 우연히 표지를 보다가 "법정 옮김"이란 글자
를 보고서 놀랐어요. '법구경'을 옮긴 것인데 워낙 글이 잘되고 번
역냄새가 없어서 참으로 뜻밖이었어요. 법구경을 《진리의 말씀》으
로 번역한 것입니다. 완전한 한국말, 당신 말로 옮겨 적은 것이어
서 내가 전혀 번역이란 생각을 하지 못했어요. 법정 스님은 문장으
로, 번역으로 천재입니다. 그 책《진리의 말씀》이 번역이라니 지금
도 실감이 나지 않아요."

이렇듯 누구나 어렵다고 여기는 불교 진리를 한글을 아는 이라
면 누구라도 듣거나 읽으면 알 수 있도록 아주 쉬운 말로 풀어 주
셨을 뿐 아니라, 스승이 법문을 하실 때 눈을 감고 들으면 천주교
수사나 기독교 목사님이 말씀하는 것처럼 들린다는 이들이 적지
않아.

화장실 앞에 선열禪悅

인도에서 아잔타 가는 길, 스승은 겨우 만원열차에 올랐지만 비집고 들어설 틈이 없어 복도와 화장실 틈바구니에서 밤을 새우셨어. 사람들은 밤새 화장실을 들락거리고, 스승은 그때마다 역겨운 지린내를 맡고 똥오줌 누는 소리를 들어야 하셨지.

처음엔 화가 치밀어 올라 어쩔 줄 몰라 하다가 문득 '관념 차이'라는 생각을 하셨어. 그 순간부터 화도 불만도 가라앉고 마음이 더없이 평온해지셨다고 해. 그날 밤이 인도 여행길에서 가장 맑고 또렷했다고 돌아보셨어. 아침 6시 아잔타 석굴에서 가장 가까운 잘가은 역에 닿을 때까지 8시간 동안 다른 곳에서 겪지 못했던 지극한 선정 삼매를 누리셨대.

스승은 2007년 동안거 해제 법석에서 그때 겪은 일을 이렇게 들려주셨어.

"그때 화장실 앞 틈바구니가 제게는 고마운 도량이었어요. 그 어떤 선원이나 명당보다 고마운 도량, 모든 것은 마음먹기에 달렸습니다. 마음먹기에 따라 지옥이 천당으로 바뀔 수 있고, 천당이 지옥으로 바뀔 수 있습니다."

일체유심조一切唯心造, 마음먹기 달렸다. 한 마음으로 두루 한다는 말씀으로 무엇이든지 기꺼이 맞이하여 받아들인다는 뜻이지. 절집에서 우리가 사는 이 누리를 사바세계娑婆世界라고 해. 참고 견디며 살아가는 누리라는 말이래. 처음에는 너무 힘들어서 참을 수밖에 없는 누리라고 받아들였어. 그런데 나이를 먹다 보니 그런 말씀이 아니라 어려움을 기꺼이 견디어내는 누리라는 데 생각이 미치더군. 더울 때 덥지 않으면 곡식이 익지 않아. 그러면 뭇목숨붙이들이 굶주려. 추울 때 춥지 않으면 봄 준비를 할 겨를이 없어 제때 움이 트고 꽃이 피지 못해. 그러면 옹근 열매를 맺지 못하니 굶어죽는 목숨붙이들이 늘어나. 그리 헤아리고 나니까 더울 때는 기꺼이 더위를 누리고 추울 때는 기꺼이 추위를 누릴 수 있더라고. 또 먹이가 없어 내 배가 곯더라도 더 오래 굶은 이가 있으면 나누고 기꺼이 배고픔은 견딘다는 말씀이야. 참아내는 게 아니라 기꺼이 누려내는 거지.

우리가 꿈꾸는 도량은 어디에 있나? 이제 바로 이 자리!

스승 먼발치서 있던 두 사람

스승이 나오시는 길상사 법회, 법당에 빼곡히 앉아도 700명이 간신히 들어가기 때문에 나라 곳곳에서 2~3,000명이 오시기에 야단법석이 되고 말지. 법당 바깥에 있는 사람들은 한 발짝이라도 더 법당 가까이 다가서고 싶어 하는데 언제나 아주 먼발치, 화장실 옆 나무 아래서 중절모를 쓰고 고즈넉이 법당을 바라보는 이가 있어. 박성직, 스승 어머니를 몇십 해 모시고 살아온 사촌동생이야.

"웬만한 분들은 내가 사촌인 줄도 모를 거예요. 법회 오가는 길목에서 어쩌다 마주치면 뵙고, 서서 몇 마디 나누곤 했으니까요. 아시잖아요? 인척들한테는 엄하고 멀리하셨어요. 어떨 때는 좀 섭섭하기도 하지마는, 어른 처지를 알기 때문에 애써 거리를 뒀지요."

늘 먼발치를 지키며 결혼을 하고부터 쭉 스승 어머니를 모시고 살았던 박성직 선생, 여태 큰어머니 제사를 모시는데 30주기가 가까워 오지 아마?

"스님이 네 살 때 큰아버지가 돌아가셨어요. 저는 태어나기도 전이죠. 할머니는 그런 손자가 몹시 안쓰러워서 사랑이 남달랐어요. 스님하고 저는 여덟 살 차이인데 어려서부터 한 집에서 자랐으니 한 형제나 다름없죠. 큰어머니는 한 동네에서 집 한 채 얻어가지고 따로 사셨어요. 그런데 저는 어려서 두세 살 적부터 큰어머니 댁에 가서 자고 놀고 그랬어요."

박성직 선생은 어려서부터 어머니보다 큰어머니를 유난히 더 따랐어. 진도 분인 큰어머니는 육자배기를 아주 걸쭉하게 잘 뽑으셨대.
"큰어머니가 마루턱에 걸터앉아 육자배기를 한가락 구성지게 뽑아 넘기시면, 동네 어른들이 넋을 놓고 앉아서 듣곤 했어요. 저는 노래를 못 부르게 쫓아다니면서 마구 떼를 썼어요. 나랑 놀아달라고."

스승 어머니는 아주 쾌활하시고 사람들을 끌어들이는 흡인력이 있는 분이었대. 농사를 지으려면 사람을 사야 했대. 작은어머니는 그런 걸 잘 못하시는데 어머니가 말씀하면 사람들이 잘 왔다네.

"뭐랄까? 뒤로 보리쌀도 한 됫박 더 준다든지…… 온화하고 붙임성이 좋으세요. 동무들을 좋아하시고 시골 분답지 않게 유머도 넘치시고 인덕이 있으셨어요. 대인 관계는 스님이 어머니를 빼어닮지 않았나 싶어요."

박성직 선생이나 스승 어머니 두 분은 법당 안 가운데 자리 잡은 부처님을 장엄하는 후불탱화처럼 늘 스승 면발치를 지키셨어.

비구 법정

"스님이 가실 때 '비구 법정' 그거 잘했어요. '대종사'라고 썼으면 참말로 부끄러울 뻔 알았어. 비구 법정, 스님 평생을 그렇게 사셨 잖아요. 뭐 주지? 똥지가 좋겠다 날마다 그러셨어요. 주지는 뭐 빌 어먹을 주지. 아 주지도 안 하겠다고 하신 분인데."

여수에서 제재소를 하며 스승이 불일암에 살 때 스승이 대중목 욕탕에 다니실 때도 함께 가며 이런저런 심부름을 하며 모셨던 위 재춘 선생 말씀이야. 선생이 20대 중반 스승을 처음 뵈었을 때 스 승을 뵙자마자 손을 덥석 잡았어. 둘레에 있는 사람들이 웬 젊은 이가 느닷없이 스승 손을 잡으니 무례하다고 나무랐나 봐. 그때 스승은 다 전생에 그만한 인연을 쌓아서 그런 거니 내버려두라고 하셨대.

책은 법공양이야 이놈아!

스승은 성철 스님이 풀어낸 책《선문정로》를 다듬고 나서 책을 펴내기 전 불교 출판계가 제자리 잡지 못하는 까닭은 법공양 때문이다. 아무리 훌륭한 스님 책이라도 값을 매겨서 시중에 내지 않고 법공양만 하고 마니까, 책이 나와도 절 안에서만 돌다가 이내 사라지고 만다. 스님께 말씀을 드려서 법공양하지 말고 서점에 내놓도록 하라고 원택 스님에게 일렀어.

이 말씀에 성철 스님은 버럭! 성을 내시며 책을 돈 받고 팔아? 책은 법공양이야. 이놈아! 네가 우리 절집 전통을 무시해? 책은 내 돈으로 찍어가지고 나눠주는 거야. 이놈아! 그런데 내 책에다가 값을 매겨? 이 나쁜 놈! 길길이 뛰셨어.

스승은 법공양을 하면 그때 반짝하고 사라질 뿐이고, 값을 매겨 서점에 내보내어 안 팔리면 절판이지만, 잘 팔리면 십 년이고 백년이고 영원히 물이 샘솟는 샘물처럼 살아 있지 않느냐며 어르신께 거듭 말씀드리라고 했어. 거듭 말씀드려도 시끄럽다던 성철 스님은 해거름에 "법정이 진짜 그라더나?"며 받아들이셨지. 이렇게 절집에 새로운 터무니 하나가 만들어졌어.

진리의 말씀

첫 번째 가르침 몇 구절을 올리면

모든 일은 마음이 근본이다
마음에서 나와 마음으로 이루어진다
니쁜 마음을 가지고 말하거나 행동하면
괴로움이 그를 따른다
수레바퀴가 소의 발자국을 따르듯이

모든 일은 마음이 근본이다
마음에서 나와 마음으로 이루어진다
맑고 순수한 마음을 가지고 말하거나 행동하면
즐거움이 그를 따른다
그림자가 그 주인을 따르듯이

내가 못 가니까 네가 왔구나

　스승이 병실에 계실 때 음악가 노영심 씨는 병실에 매화를 꽂아 드렸어. 저녁때 분당 보살님이 매화를 스승께 보여 드렸대.

　"스님, 꽃이 막 피어오르네요."

　스승은 막 피어나는 빨간 꽃을 보시고는 천천히 팔을 들어 조심스럽게 손가락 끝을 매화에 갖다 대셨대. 마치 '내가 못 가니까 네가 왔구나. 예까지 올라오느라고 고생했다.'고 말씀하시듯이. 해남이 고향인 스승 미황사는 땅끝마을 해남에 있는 절이니 고향에서 온 꽃이라 남다르셨으리라.

　노영심 씨가 가져간 꽃은 미황사를 찾은 노영심 씨에게 스승이 병원에 계시다는 말을 들은 금강 스님이 바로 동백꽃을 꺾어 보내 드리고, 그 뒤 다시 미황사를 찾은 노영심 씨가 불일암에 한 번도 가보지 않았다는 소리에 함께 불일암을 찾아가 마침 눈만 박혀 있는 매화가지 하나를 발견하고 그 가지를 꺾어 노영심 씨 편에 들려 보냈어.

"스님께 불일암 매화라고 하면 '왜 모질게 꺾었느냐.'면서 벌떡 일어나지 않으실까? 농을 하면서 보내드렸는데 병실에서 피었대요. 좋아하셨다더군요."

그 뒤에 스승이 보고 싶어 한다는 연락을 받은 금강 스님은 새벽예불 전에 동백꽃과 매화 가지를 꺾어서 첫차를 타고 서울로 올라왔어.

"스님께 드리면서 '남도에는 꽃이 활짝 피었는데 스님도 어서 털고 일어나셔야지요.' 그랬더니 스님 눈에 눈물이 고이시더라고요. 병실에서 가사장삼을 수하고 삼배 드리고 돌아왔어요."

국 없는 밥과 같은 산

내내 산만 바라보며 살면
국 없는 밥을 먹는 느낌인데,
바다에 와 보니 밥그릇 옆에
국그릇도 있는 것 같아 좋다

이해인 수녀님이 쓴 시집 《민들레의 영토》가 처음 나온 1976년
2월, 스승이 쓰신 수필집 《영혼의 모음》과 《무소유》는 이미 독자
들에게 널리 알려져 있을 때였어. 스승 글에 빠져 있던 이해인 수
녀님 동무가 불일암 주소를 적어 보내면서 《민들레 영토》를 한 톨
스님 암자에 날려 보내지 않겠느냐고 편지를 보냈대. 그 끈이 이어
지고 나서 제법 시간이 흘렀을 때 두 분 원판대조는 스승이 돈연
스님과 함께 이해인 수녀님이 사는 부산 올리베따노 성 베네딕도
수녀원을 찾아 이루어졌어. 그때 두 분이 고즈넉이 광안리 바다를
거닐었을 때 스승이 하신 말씀이래.

은영이와 다붓한 정가름

스승은 아이들을 무척 아끼셨어. 참 자상하실 만큼 대도행 보살 따님 은영이와 나눈 얘기를 보면 어떠셨을지 눈에 선해. 스승 낯빛 이.

"은영아. 너와 같이 밥을 먹으면 반찬이 없어도 밥이 저절로 넘 어간다."며 은영이를 귀여워하셨어. 편지, 편지마다 아버지가 딸한 테 당부하듯이 구구절절이고, 대도행 보살에게 하는 편지에도 늘 은영이 안부를 잊지 않으셨어.

"우리 딸은 스님한테 돈도 많이 얻어 썼어요. 불일암에 갔다가 돌아올 때쯤 되면 '은영아 방 좀 닦아라.' 그러시고는 은영이가 걸 레를 들고 가서 방을 닦으면 아이고 저 조막만한 손으로 닦으면 얼마나 닦겠느냐면서 책을 한 권 주면서 가져가라고 그래요. 집에 와서 펴 보면 책갈피에 돈이 들어 있어요."

은영에게

잘 쓴 편지 잘 받았다. '일순이'보다는 '삼순이'가 훨씬 좋다. 앞뒤를 돌아볼 수 있는 여유가 있어 좋은 거다. 요 며칠 동안은 날씨가 많이 풀려 봄이 다가서고 있는 것 같다. 저 아래 골짜기에서 밤이면 개구리 우는 소리가 들려오고, 다람쥐도 엊그제부터 나다니고 있단다.

나는 음력 섣달 그믐께부터 계속 찾아오는 방문객들 때문에 일에 크게 방해를 받고 있다. 이러다가는 더 깊고 험한 산골로 들어가야 할까 보다. 사람도 가끔 만나야 반갑지, 날마다 대여섯 사람씩을 대해야 하니 피곤하고 할 일을 못 해 짜증이 날 때도 있다. 아무래도 이번 달은(2월) 그런 달인 모양이다. 한 달이 아무 일도 못 한 채 휘딱 지나가 버린 것만 같다.

봄방학에 오고 싶어 했다니 무척 미안하다. 여름방학 때 차분한 마음으로 오너라. 은영이 다리를 좋아하는 모기들도 좋아할 거야.

너무 공부만 하지 말고, 더러는 놀기도 하고 맛있는 것 엄마한테 해달라고 해서 먹기도 하여라. 그리고 공부할 때 책과 눈 거리를 알맞게 유지하도록 조심하기 바란다. 눈은 한번 고장 나면 평생 고칠 수 없단다.

그럼 늘 건강하고 계속 '삼순이'가 되기를 바란다.

2월 26일 산에서 스님이

저때 스승이 어른들에게 보낸 편지는 모두 세로쓰기였는데, 은영이에게 보낸 편지는 다 가로쓰기를 해서 보내셨더군. 스승은 언제나 그 사람 눈높이에 맞춰 가지런하셨어. 아마 스승 눈에도 은영이를 비롯한 어린이 눈에도 결고이 눈부처가 들어앉았을 거야.

편지를 읽고 또 읽을수록, 곱씹을수록 은영이에게 하는 말씀이 꼭 내게 하는 말씀처럼 들려. 어린 동무에게 당신 속내를 거리낌 없이 드러내는 스승은 참 정이 많고 맑간 분이다 싶어.

스승이 털어놓은 속내를 어미를 바꿔 되새겨보니 "나는 음력 섣달 그믐께부터 계속 찾아오는 방문객들 때문에 일에 크게 방해를 받고 있어. 이러다가는 더 깊고 험한 산골로 들어가야 할까 보다. 사람도 가끔 만나야 반갑지, 날마다 대여섯 사람씩을 대해야 하니 피곤하고 할 일을 못 해 짜증이 날 때도 있어. 아무래도 이번 달은 (2월) 그런 달인 모양이야. 한 달이 아무 일도 못 한 채 휘딱 지나가 버린 것만 같아." 밀려드는 방문객들로 어려움을 겪는 스승 마음이 고스란히 와 닿지 않아? 저런 일이 점점 더 많아져서 나중에 걷잡을 수 없이 되고 말았지. 그래서 하는 수 없이 스승은 강원도

에 화전민이 살다 간 오두막으로 들어가실 수밖에 없으셨던 마음
이 느껴져서 참 안쓰러웠어.

사랑은 따뜻한 눈길, 끝없는 관심

2003년, 이계진 선생은 오래도록 그리던 사랑소설을 펴냈어. 김시향이란 화가와 불치병에 걸린 20대 초반 아가씨가 펼치는 말간 순애보 《솔베이지의 노래》 여주인공 이름이 한효리. '효리'에 담긴 본디 뜻은 '소리'래. 평생 방송인으로 목소리를 쓰며 살아온 선생 애인인 '소리'라는군. 그런데 소리라면 사람들에게 와 닿을 것 같지 않아 발음이 잘못되어 나는 소리로 '효리'가 되었대.

2003년 이른 봄 매화 향기 그윽한 불일암에서 스승과 마주 앉은 이계진 선생, 조심스레 입을 열었어. "스님. 제가 아주 유치한 통속 소설을 하나 썼는데요. 스님은 사랑이 뭐라고 생각하세요?" 스승은 화들짝 놀라며 "처사가요?" 눈을 동그랗게 뜨시고는 "선한 눈매를 가지고 기다리고……." 하시면서 지필묵을 꺼내 "사랑은 따뜻한 눈길, 그리고 끝없는 관심!"이라고 써 주셨대.

사람 구실 못하니 어서 가야지

요양하던 제주에서 병세가 악화되어 서울로 올라오시면서 스승은 이미 다 짐작하셨을까. 스승은 연명을 위한 치료는 정중히, 그렇지만 결연하게 사양하셨어.

지극 정성을 다 해준 의료진이 간곡히 권유하고 설득하지만 스승은 그저 목숨을 이어가는 치료는 받지 않겠다는 뜻을 뚜렷이 하셨어. 정성껏 보살펴준 의료진과 간병해 준 보살들, 수많은 불자들과 독자들에게 고맙다는 말씀을 하고 제자들에게도 한 가지, 한가지, 분명히 이르셨어.

"……관을 짜지 마라, 승복이면 되니 수의를 입히지 마라……장
례의식을 치르지 말고 간소하게 바로 다비하라……."

  스승은 "어서 가고 싶다."고 하셨어. 강원도 오두막으로 가고 싶
다고 하시는 줄 알고 "좀 더 나아지면 가셔야지요." 말씀드리니 가
만히 고개를 흔드셨어.
  "빨리…… 죽고 싶다고…… 사람구실…… 못하니까……."

지켜드리고 싶어서

14대 국회 때부터 정치를 하라는 권고를 받은 이계진 선생은 가볍게 손사래를 쳐서 잘 물리쳤어. 그렇지만 15대 때는 엄청난 고민을 했대. 국회 나오라는 아우성 때문에. 가지 않기도 너무 힘들었다고 해. 오죽하면 방송국, 신문사마다 찾아다니며 국회에 가지 않습니다. 기사를 내지 말아주세요 부탁하고 다녔대. 둘레 사람들은 이런 바보 같은 사람을 봤나? 돈을 싸 들고 공천해달라고 매달리는 세상에 몸만 오라는데도 싫다니 당신이 뭐가 그렇게 잘 났어? 핀잔하는 소리가 여기저기서서 들렸대. 그래도 "할 줄 몰라서 그래, 난 방송만으로도 너무 행복해." 그러고 집으로 돌아와서는 '내가 좋은 기회를 놓치는 거 아닌가?' 싶더래.

그러다가 스승을 찾아뵀대. 스승은 간단없이 "처사가요? 거기 가면 차 맛을 잊어버릴 거요." 하고 말씀하셨어. 그 소리 듣자마자 마음이 평화로웠던 선생 내외는 그날 밤부터 다리 쭉 뻗고 잠에 들 수 있었어. 그러면서 법력이 높은 스님 말씀 한 마디가 이런 거구나 하는 걸 느꼈대.

16대 때는 더 심각해 스승을 찾아뵈었어. 스승은 "기도해봐서 마음 내키는 대로 하세요." 그 말씀은 하려면 하고 말려면 말라는 얘기였어. 그러나 이계진 선생 귀에는 그 말조차도 "하지 마세요."로 들렸대.

"집에 와서 또 마음이 편해지는 거야. 기도해서 마음 내키는 대로 하란 말씀밖에 하지 않았는데, 나는 스님 그 말씀이 지침으로 들렸어요. 그래서 안 나갔지요." 그때는 더 거절하기 힘들었대. 이름 대면 다 알만한 톱 정치인들이 그 산골짜기까지 와서 밤 12시가 되도록 대답 듣겠다고 버티다가 "그럼 나오시는 걸로 알겠습니다." 하고 돌아가면 이튿날 내용 증명을 다 보냈어. '나는 가겠다고 하지 않았다는.'

평생 방송인으로 살아온 이계진 선생에게 소리는 목숨과 같았다. 그랬는데 그만, 누군가 선생 소리를 막았어. 방송을 못 하게 하는 바람에 국회의원을 자원해서 출마하기로 결정을 하고 스승을 찾아뵈었는데 "나이가 들면 귀에 들리는 대로 판단할 수 있다."고 하셨어. 사람 소리를 들을 귀가 열렸다는 조용하지만 준엄한

인가.

한창 선거에 불이 붙어 거리 유세를 다니는데 선거사무실에서 급한 전화가 왔어. 스승이 와 계시다는 전화였어. 이계진 선생 표현을 옮기면 선거전에 나간 사람은 사람이 아니라 거의 악마에 가까운 모습인데, 스님을 뵙자마자 눈물이 앞을 가려 울음을 거두느라 다른 데를 보다가 한참 지나 드린 말씀이 "아니, 스님이 여길 왜 오셨어요? 어떻게 여길 오셨어요."를 거듭했대. 아무리 법대로 순리대로 하는 일이지만 말 그대로 전쟁터, 꼭 아버지가 오신 것 같았대. 스승은 얼마나 힘이 드느냐고 다독거리셨고. 보통 사람 같았으면 그 일을 살짝 언론에 흘렸으련만 선생은 언론은 물론 가까운 이들에게도 입을 다물었대. 스승을 그런데 드러내지 않게 해드려야 한다는 마음이 강해 그랬어. 국회의원이 되고 나서 그때 찍은 사진 몇 장을 늘 꺼내 보면서 늘 다졌대.
'바르게 해야지. 바르게 해야지.'

"18대 때도 잠깐 오셨어요. 점심 대접하고는 어서 가시라고 그랬어요. 여길 왜 오셨냐고. 절대 나타나지 마시라고. 그만큼 스님을 지켜드리고 싶었어요. 나 때문에 어른 스님 모습이 정치판에 모습을 보여? 어휴, 아니지요."

이계진 선생은 순수와 원칙이 서는 세상을 한번 빚어보자. 국회의원으로 비난받는 일을 하지 말자. 그래서 한 일이 세비 이 외에는 돈을 받지 말자였어. 선거 때나 17대 의정활동을 하면서 후원금을 하나도 받지 않았어.

"18대 들어와서 후원금이 없으니까 의정보고를 못해요. 의정보고 할 돈 마련 때문에 하는 수 없이 후원금을 받기로 했는데, 이미 사람들에게 이계진은 돈을 받지 않는다고 알려져 있어 후원금이 적게 들어와서 빚을 졌어요."

이계진 선생은 집에 스승 사진 걸어놓고 드나들면서 "스님 다녀왔습니다. 부끄럽지 않게 살겠습니다."고 인사드린대.

"준법을 해도 탈법이 있나 하고 노리는 사람들이 많은데. 어떻게 탈법을 하고 피해 다녀요? 스님은 내 삶에 상당히 깊이 자리 잡으셨더라고. 스님을 뵌 시간은 그리 많지 않지만 마음 시간은 좀 길었던 것 같아요."

황야의 포장마차가 넘어와요

이창숙 박사가 봉은사 다래헌에서 처음 뵌 40대 초반 스승 첫인 상은 한여름에 풀 먹여 다려 놓은 삼베처럼 칼칼했대. 앉아 있으 려니 안에서 클래식 음악이 흘러 나왔다누먼. 그때 '스님도 클래식 음악을 들으시는구나.' 싶어 놀랐대. 봉은사 둘레가 허허벌판이었 던 때라, 다래헌 툇마루에 앉아 있으면 지금 삼성역 네거리에서 남 쪽으로 가는 언덕길이 훤히 눈에 들어왔대.

"보니까 황토 언덕이어서 '어우, 저기는 황토언덕이네요.' 그랬더 니 스님이 '조금 있으면 언덕 저쪽에서 황야의 포장마차가 넘어옵 니다. 자알 보세요.' 그러시는 거예요.

진짜 그럴듯하다며 깔깔깔 웃었어요."

말씀을 전해 듣는 내 귓가에 존 웨인이 주연한 영화 〈역마차〉 주제가와 함께 말발굽 소리가 들리는 듯했어.

수계첩에 이름을 손수 써오시다

혜민 스님이 중학교 2학년 때 친구가 담임 선생님한테 스승이 쓰신 책《물소리 바람소리》를 선물했대. '어? 저런 책이' 있네 하고는 한번 읽어보고 싶어서 조그만 문고판으로 나온《무소유》를 사서 학교벤치에 누워서 읽었는데 가장 기억에 남은 것은 '어린왕자에게 보내는 편지'였대. 그럴 만큼 스승 결을 느꼈던 혜민 스님은 존경하는 스승을 뵙고 싶다는 생각은 늘 있었지만 생각에 머물렀어.

"승려가 되고 나서 언젠가 한번 뵈어야겠는데 인연이 되려나 그랬는데 제 은사 스님이 뉴욕에서 절을 일구시면서 '어떻게 하면 사람들에게 널리 알릴 수 있을까?' 고민이 많으셨어요. 그때 제가 불쑥 '법정 스님 모셔 와서 수계법회를 하면 됩니다.' 하고 지나가는 말을 툭 던졌어요. 그렇지만 가능하리라고는 상상도 못 했는데 1년 뒤에 말대로 됐어요."

뉴욕 불광선원 수계법회, 계를 받을 사람 이름을 스승께 적어 보

내드렸더니 한국에서 한 사람 한 사람 법명을 지어 그 많은 사람
들 이름을 수계첩에 하나하나 정성들여 손수 다 써오셨대.

아름다움에는 그립고 아쉬움이 따라야

스승은 박항률 화백 화실에 딱 한 번 다녀가셨어. 길상사 달력 만들 때 가서는 '슬라이드 다 내봐요.' 그러시고는 그림은 모두 스님이 직접 고르셨대.

"절대미감을 지니셨잖아요. 표지화가 지금 길상사 선열당에 걸린 그림인데요. 스님이 고르신 작품 가운데서 '스님 이걸 표지로 쓰면 좋겠습니다.' 하고 권해 드렸어요."

한번은 스승이 여행지에서 박항률 화백에게 전화를 주셨대. 해 오름은 100미터 높이서 봐야 제격이라고.

"스님이 좋아하셨던 이 그림도 스님한테서 그 말씀을 들은 그 뒤에 그린 겁니다. 그 말씀을 의식하고 그린 것은 아니지만 그만한 높이에서 바라본 풍경이죠."라며 펼친 그림첩.

2004년에 그린 〈일몰〉이란 제목이 붙은 해넘이 그림이야. 화폭

오른쪽 위로 나는 갈매기와 곧 바다 위로 떨어질 해 그리고 뭍에 묶인 배에 걸친 노가 어슷하게 내리 흐르고, 조그만 외딴 섬에 소나무 한 그루가 왼쪽으로 완만하게 드리운, 오른쪽에서 왼쪽으로 흐르는 우리 전통 그림처럼 트라이앵글 구도를 가진 파스텔화(54×65).

고즈넉한 해넘이 풍경으로 여백미가 한껏 드러나는 작품. 스스로 빛을 발하려 들지 않고 대상을 선선히 받아들이는 그 넉넉함이라니.

그림에 취해 가만히 앉아 있다가 박화백 법명을 떠올렸어. '진공眞空' 참 비움. 스님 발을 묶어둔 까닭을 어렴풋이 느낄 수 있었지.

"아름다움에는 그립고 아쉬움이 따라야 합니다. 덜 채우면 그 빈자리에 생기가 돌아서 시들지 않는 품격이 감돕니다."

스승이 2007년 가을 법석에서 하신 말씀이야.

"위대한 예술가 배후에는 드러나지 않는 따뜻한 가슴이 받쳐 주고 있습니다. 박 화백이랑 차 한잔 드시고요."

2005년 정초에 스승이 박 화백 부인에게 보낸 연하편지야. 내외를 사랑하는 스승 마음이 흠씬 묻어나지?

부처님이 된 자동차

스승 말씀을 따라 프랑스 파리 길상사에 간 지묵 스님, 한국과는 달리 대중교통이 발달하지 않아 차를 한 대 사달라고 말씀드렸어. 스승은 공부하는 사람이 차 있으면 안 된다고 단칼에 거절하셨어. 그리고는 스승이 귀국하실 때 드골 공항 게이트 지나면서 손짓을 하셨대.

'뭘 빠뜨리셨나?' 하고 다가가는 지묵 스님에게 '가방 좀 잘 봐봐!' 하셨어. 뜬금없이 무슨 말씀인지 납득이 가지 않은 지묵 스님은 가방을 잃어버리지 않도록 간수를 잘하라는 말씀으로 알고 무심히 흘려들었는데. 몇 해 동안 유럽을 두루 다니고, 중국이며, 인도로 여행을 하고 서울로 돌아와서도 한참을 지난 뒤에 시골농가에서 텃밭을 일구면서 선농일치禪農一致를 실천하며 아란야 선원을 할 때 낡은 여행 가방을 버리려다 앞에 붙은 바스켓을 탈탈 터는데 봉투가 하나 툭 떨어졌어.

그런데 이게 웬 일이야. 봉투 안에서 차를 사서 조심해서 타고 다니라는 스승 당부 말씀과 수표가 나온 거야.

"자동차 사라고 넣어두신 돈으로 부처님을 모시고 복장에다 그 연기緣起를 써넣었어요. 어르신이 자동차 산다고 그러니까 꾸짖기만 하고 가시더니 떠나면서 가방에다가 봉투를 넣어놓고 가셨는데, 나중에 버리려다가 보니까 큰돈이 나와서 이 부처님을 모시노라고."

지금은 보림사 불일암에 앉아 계시는 부처님 이야기야. 짐을 등에 지거나 머리에 이고 다니다가 수레에 싣고 타고 가니 편했을 사람들이, 삶 속에 부처님 법을 받아들여 편리하고 행복해지려는 마음을 담아 법륜이라 했다던가. 자동차가 부처님으로 나투어 법륜을 굴리고 계시네.

서울 놈들 다 더워 죽었다

스승이 봉은사 다래헌을 떠나 불일암으로 가시려고 이삿짐을 싸며 삼베옷을 챙기시다가 느닷없는 말씀을 툭 던지셨어.

"서울 놈들은 내년에 더워서 다 죽었다."

이삿짐 싸는 걸 돕던 대도행 보살, 무슨 소리인지 몰라 어리둥절한데

"내가 삼베옷을 다 싸가지고 가버리니까 서울 사람들은 내년 여름에 모두 더워 죽을 거라고."

대도행 보살 그제야 알아듣고 배꼽을 잡았다네.

없는 걸 만들어드려야 큰일인데

없는 것을 만들어드려야 큰일인데
있는 것을 드렸으니 그리 내세울 일이 아닙니다.

길상사가 문을 열 때 절터를 선뜻 내놓은 김영한 할머니 말씀이
야. 덕운 거사는 이 말씀에서 보시普施와 회향廻向, 참뜻을 헤아렸대.

장보기에서 만나는 우리 어머니 얼굴과 손

내게는 시장 안쪽보다 그 언저리 길거리 쪽이 편리하고 또한 장보는 즐거움이 있다. 길거리에는 살아 있는 싱싱한 푸성귀들이 널려 있다. 저울로 달아 이미 포장해놓고 값을 매긴 상품이 아니기 때문에, 푸성귀를 사고파는 데서 훈훈한 인정이 오고갈 수 있어 장보는 즐거움이 따른다.

가까운 시골에서 손수 길러서 가지고 나온 할머니나 아주머니들 모습을 바라보고 있으면 내 마음이 아주 푸근해진다. 그리고 오늘날 도시에서는 찾아보기 드문 우리 한국인의 본디 모습 앞에 마주서는 것 같아 반갑고 뿌듯하고 조금은 안쓰럽다는 생각이 든다.

화장기 없는 까칠하고 주름진 얼굴과 일에 닳아 거칠고 투박한 손이, 바로 우리 어머니 얼굴이요 손임을 이런 장바닥에서 재확인하는 것이다. 우리는 저마다 가슴 깊숙이 제 어머니 얼굴과 품과 손결을 지니고 있다. 세상살이에 뒤얽혀 평소에는 까맣게 잊고 지내다가도, 제 삶에 어떤 충격이 있을 때 삶의 뿌리를 의식하면서 그 얼굴과 품을 떠올린다.

인형을 받아들고 빙그레

스승은 언제나 "열심히 일해서 돈을 벌고, 가지되 꼭 없어서는 안 될 것만 남기고, 남는 것은 나눠라. 나눌 수 없는 사람은 이 세상에 없다. 다정한 눈매라도 나눌 수 있다."고 말씀하셨어. '선택한 가난'. 이계진 선생. 스승이 원적에 들기 이틀 앞서 남미 출장을 다녀온 뒤 잘 다녀왔다고 인사드리러 병원에 들렀어. 공항에서 사온 한 뼘짜리 조그만 인형을 스승께 드렸대. 인형을 받아 드신 스승은 빙그레 웃으시더래.

한 살이 마무리 범종소리

범종은 하루 세 번 울려. 아침 예불, 점심 마지, 저녁 예불. 예외가 있어. 수행자가 원적했을 때 108번을 울려. 열반 종소리. 삶과 죽음을 벗어난 소리. 한 삶을 마치는 엄숙함이 순식간에 산중을 가라앉혀. 출가한 이는 너나들이 이 종소리를 들으며 시공간을 떠나. 2010년 3월 11일 오후 1시 51분. 느닷없이 길상사 범종이 울렸어.

'수행은 겸허와 맑은 가난 그리고 엄숙함과 맑음을 주춧돌로 삼는다.'는 스승 한 살이를 담아.

나는 범종소리를 떠올릴 때마다 삶은 앞날이 아니다, 지난날도 아니고 이제도 아니다, 삶은 영원히 이루어지지 않는다, 그렇지만 삶은 모두 이제에 있다. 죽음도 또한 이제에 있고 그러나 놓치지 말아야 한다. 내게 참 진리가 있다면 삶도 없고 죽음도 없다는 것이라는 옛 어른 말씀이 떠올라.

이룸! 사람들은 무엇을 이루기를 바라지만 이룸은 상상할 수도 없다고 외려 이뤄질까 적잖이 걱정해야 한다고 여겨. 이룸이란 움직임이 멈추는 것이고, 틀에 갇히는 것이니. 사랑은, 평화는 늘 진행형일 뿐 이루어짐은 없어.

그렇기에 스승이 가실 때 남긴 말씀처럼
삶과 죽음은 본디 없다고 생각해.

마쳐도 되는지 제대로 했는지 알지 못합니다. 왜냐하면 늘 반편이기 때문입니다. 옹글어질 수 없음을 압니다. 그저 흐를 뿐입니다. 이리 휘적 저리 휘적 흔들리며 살아냅니다. 흔들리지 않으면 죽은 목숨일 테지요. 그래도 하루가 둥글어지는 줄, 누리 살이가 둥글어질 줄 알기에 고만고만하게 가만가만 살살 갑니다. 괜한 짓 했달 분이 적지 않은 줄도 압니다. 그래도 이리 하지 않으면 입에 곰팡이가 슬 줄 알기에 그저 그렇게 걸어갑니다. 제 삶이 그랬습니다. 누리는 녹록하지 않고 늘 맵짜했어요. 그래도 누리를 걸어내면서 걸어내기를 배우고, 살아내면서 살아내기를 배웠으며 사랑하면서 사랑하기를 배워왔습니다. 앞으로도 그렇게 살아내다 갈 것입니다. 그 길목에 커다란 그늘이 되어주고 숨 쉴 겨를을 주시며, 너를 살려야 내가 살 수 있음을 알아채도록 오롯이 손을 잡아준 스승이 계셨기에 아무것도 아닌 놈이 오롯이 누리며 살아갑니다.

고맙습니다. 더불어 주셔서.